Een kameel zonder bult

Jonas Hassen Khemiri

Een kameel zonder bult

Uit het Zweeds vertaald door
Bertie van der Meij

DE GEUS

Deze uitgave werd mede mogelijk gemaakt door een bijdrage van
het Svenska Institutet te Stockholm

De vertaalster ontving voor deze vertaling een werkbeurs van de
Stichting Fonds voor de Letteren

Oorspronkelijke titel *Ett öga rött*, verschenen bij Norstedts, Stockholm

Omslagontwerp De Geus BV
Omslagillustratie © Royalty-Free/Corbis
Foto auteur © Johan Markusson
Druk Koninklijke Wöhrmann BV, Zutphen
ISBN 978 90 445 0529 0
NUR 302

dankjewel g en h

I

Als je van beren leren kan
Is dat iets wat je echt proberen moet

Vandaag het was de laatste dag van de zomervakantie en daarom ik heb papa geholpen in de winkel. We hebben eerst de etalage gevuld en spullen afgeprijsd en toen nieuwe koopwaar gehaald. In de magazijn het was een en al chaos met overal bergen stof en spinnenwebben in de hoeken. Ik hielp met opruimen en vond een zak met oude Turtles-thermosflessen en dozen met pincetten en nageltangetjes. Verder heleboel ingedeukte pakjes sterretjes en ergens achterin ik vond een oude brandweerauto die ik bij een loterij op school heb gewonnen, lang geleden (misschien in de middenbouw). Papa zette thermosflessen en brandweerauto in de etalage en hij hing ook een paar Snoopy-slabbetjes op. Ik zei dat het te vol werd, maar papa zei dat het belangrijk is dat je van buiten af alles kunt zien. Hij vroeg of ik een tekst op een stuk karton wilde schrijven.

Vanochtend namelijk wij hebben gestolen fiets voor de deur gevonden. Hij was zomaar in de bosjes gesmeten, met een lekke band, en iemand had de pedalen meegenomen. Papa kreeg geniale inval en zei dat we de fiets als reclame konden gebruiken. Dus wij hebben die fietswrak meegenomen en buiten voor de winkel neergezet met reclamebord dat ik heb geschreven: 'Wij hebben ALLES!' (Tekst van papa.) Ik heb ook nog een pijl getekend zodat de mensen begrijpen dat het over onze winkel gaat. Ik heb de viltstift stiekem in mijn zak gestopt, want een extra pen is altijd handig.

Later Nourdine kwam langs. Hij had de Pokémon-machine bij zich in een oude kinderwagen en klopte helemaal gelukkig op de deur. In mei ongeveer de machine is stukgegaan, achter de glas de gele Pokémon-beest bleef gewoon doodstil zitten en je kon er wel geld in stoppen, maar er kwam geen plastic balletje. Nourdine beloofde dat hij hem zou maken; hij heeft de hele zomer gezegd: 'Binnenkort is hij klaar, overmorgen, volgende week, binnenkort...' Al die tijd de machine heeft gewoon in Nourdines kamer gestaan en hij is onder de stof gekomen.

Papa deed de deur open en we trokken samen de kinderwagen over de drempel, want die machine is vet zwaar. Nourdine had alle mechanismes geolied en de gele vacht opgeborsteld. De machine zag er bijna uit als nieuw (behalve de krassen op de glas dan).

'Nou?' Nourdine riep helemaal gelukkig. 'Wat zeggen jullie nou?'

'Wie in de steen gelooft, wordt erdoor genezen', papa mompelde voldaan.

De Pokémon schommelde heen en weer zoals het hoorde en maakte de juiste geluid en toen papa er een vijfkronenmunt in gooide, hij zoemde en de plastic balletje kwam eruit. Als dank papa gaf Nourdine tweehonderd kronen en een Turtles-thermosfles.

's Middags ik zei dat ik de stad in moest om boeken voor school te kopen, maar ik nam de metro naar Skärholmen. Het was zonnige zondag en de plein was propvol mensen. Dalanda zat op haar gewone bankje met samengeknepen ogen uit te kijken en meteen toen ik haar zag er was blijdschap. Naast zich op de bank ze had tassen met groente, maar ze zette die op de grond zodra ze mij zag. Ze stak haar armen uit om me te omhelzen en drie keer op de wang te kussen. Daarna ze leunde achterover en hield mijn hand vast.

Wij zaten stil bij elkaar, terwijl de fruitverkopers riepen dat ze bananen en supergoedkope komkommer in de aanbieding hadden. Verder weg de negers speelden op Afrikaanse trom en de duiven cirkelden rond onze bank, omdat ze hoopten op meer brood. Misschien voor jou het lijkt vreemd dat ik me niet voor schaam om op een bank met oude mens te zitten praten. Misschien ik voelde ook wel beetje zo de eerste keer dat ik met Dalanda praatte. Maar als jij haar machtigheid kende, jij zou gelijk spijt hebben. Dalanda weet alles van de geschiedenis van de Arabieren en zij heeft mij verteld dat wij hebben beste filosofen en slimste wiskundigen en wreedste krijgers. Zij heeft ook gezegd dat wij Arabieren niet zijn als andere allochtonen, maar beschaafder, en bijna iedere keer als zij dat zegt het is of er rillingen over mijn rug lopen.

Vandaag Dalanda begon te vertellen over heleboel Arabische schrijvers, gasten als Ghassan Kanafani, Fathi Ghanim en Naguib Mahfouz, die ontzettend mooie Nobelprijs van Zweden heeft gewonnen. Ze zei ook dat iedere jood die kan schrijven is er ook in het Zweeds, maar van Arabieren er zijn maar vet weinig boeken. Plus dat er een jood is die Salman heet, die de Koran heeft gedist, en zijn boek is er wel overal in het Zweeds.

'Terwijl wij de letters hebben uitgevonden, dat heeft je vader je toch wel verteld? Toen de oude Egyptenaren op papyrus schreven, leefden alle Europeanen als barbaarse halfdieren.'

'Dus eigenlijk heeft iedereen ons nageaapt?'

'Hm, zo zou je het kunnen zeggen. En al die oude teksten zijn er nog, met precies dezelfde boodschap als toen ze werden geschreven. Teksten zijn immers niet zoals mensen, die veranderen en dingen vergeten. Dat is een beetje de reden dat ik... een kleinigheid voor je... heb gekocht...'

Uit haar handtas ze bracht een dik schrijfboek met een rode harde kaft tevoorschijn. Boven op het rode er zaten een heleboel gouden patronen; ik zag onder andere de halvemaan en de ster blinken in de zonlicht.

'Hier… dit is voor jou… Als je dit nu maar op de juiste manier gebruikt, beloof ik je dat je nooit bang hoeft te zijn dat je je geheugen verliest en net zo wordt als die verdomde man van mij.'

Ik knikte ernstig en pakte de boek aan. Vanaf de eerste seconde dat ik de lege bladzijden zag ik voelde de Kracht door mijn vingertoppen stromen.

'Maar je krijgt het alleen als je belooft dat je hard blijft werken voor school. En dan beloof ik jou dat jij hierin ooit in het Arabisch zult kunnen schrijven. Beloof je dat?'

'Tuurlijk. Walla.'

Dalanda lachte met al haar bruine tanden en streelde mijn hoofd.

'Mijn kleine dromer. Je weet wel wat ze in Egypte zeggen: "Een man zonder taal is als een…"'

'"…kameel zonder bult" – waardeloos.'

Dalanda knikte voldaan.

'Precies. Ik weet dat je met Allahs hulp binnenkort even goed Arabisch zult kunnen schrijven als spreken. Inshallah!'

Ik antwoordde: 'Inshallah!' en dacht met verlangen aan mijn lessen bij Safa. Dalanda keek trots. De rest van de tijd wij kletsten over Skärholmen. Dalanda vertelde dat Juan weer terug is van zijn vader in Chili, en Alonzo heeft blijkbaar een baantje op een bergingsauto. Even later ze zei dat ze zich beetje zorgen maakte omdat er aan onze oude portiek inmiddels nog meer Bosniërs zijn komen wonen.

'Ik heb altijd moeite gehad met Joegoslaven', zij verklaarde. 'Ik zeg altijd: je moet wel tweemaal nadenken voordat je mensen gaat vertrouwen die oorlogen beginnen en hun buren verkrachten.'

Ik knikte om te laten zien dat ik het met haar eens was. Toen wij elkaar bij de afscheid omhelsden ik rook de lucht van hijabstof en ook beetje van hennatatoeage, vanbinnen het schrijnde van een paar herinneringen, maar even later alles was weer normaal.

’s Avonds op mijn kamer ik heb lang nagedacht over wat ik zou schrijven. Eerst ik probeerde verhaal te bedenken over junkie op Sergels Torg die versneden rotzooi krijgt van de drugsmaffia en dan wapens gaat halen voor wraak. Maar ik raakte de draad kwijt, want wat weet ik van de leven van een junk of van drugsrotzooi? Plus dat ik nog nooit met een echte Glock heb geschoten. Daarom ik scheurde de bladzijde eruit en probeerde gewoon recht bij mijn raap te schrijven over wat er vandaag is gebeurd. Het moet immers zo echt mogelijk zijn en Naguib Mahfouz zou natuurlijk nooit verhalen schrijven over iemand anders dan hijzelf en zijn leven.

VANDAAG OP WEG naar school ik voelde dat dingen anders waren. Ik liep de trap op die altijd naar dronkemanspis ruikt, stak de brug over Långholmsgatan over en zag de school als een soort burcht op de heuvel torenen. De hele tijd ik hoorde Dalanda binnen in mijn hoofd als een radio. Ze herinnerde mij eraan dat ik geen gangsta ben maar familie van Hannibal, die de Romeinen verneukte met olifanten, en van al-Khwarizmi, die zijn naam gaf aan de algebra. Dat is natuurlijk al beetje zo sinds de eerste keer dat ik met Dalanda praatte, maar nu het was sterker dan eerst.

Op school iedereen stond bij de kluisjes op Carin te wachten. Kristoffer zat op de vensterbank en probeerde indruk te maken op de meisjes door hard te boeren. Hij liet Jessica de schaafwond zien van de scooterongeluk tijdens zijn chartervakantie. Niemand was geïnteresseerd, dus Anna vertelde toen maar dat zij op Cuba was geweest en daarna hun zomerhuis in Sandhamnen had opgeknapt. Even later iedereen had het over de zomervakantie, dus ik ging naar de mentorlokaal en las de reclame voor vwo-scholen op de mededelingenbord. Toen ik hoorde 'pling' achter mijn rug en kijk Curre kwam de docentenlift uit met knerpend karretje voor zich uit. Ik dacht: hij lijkt wel groter dan anders, en ik dacht ook: hij ziet eruit als knoertgrote bowlingbal – groot, rond en zwart. Je weet wel, ze denken vaak alle lui uit Eritrea zijn dun en sprietig, maar Curre weegt zeker meer dan honderdtwintig kilo, ja misschien wel honderdveertig, ik zweer het. (Dat komt omdat hij is hierheen gekomen toen hij nog klein was en sindsdien hij heeft bijgegeten.) Boven zijn ene gehoorapparaat zat een groene viltstift vast in zijn kroeshaar en hij scheen mij niet te herkennen, hoewel ik hem vorig voorjaar toch paar keer heb geholpen. Secondenlang hij staarde naar mijn hand tot zijn ogen zich focusten en zijn glimlach tevoorschijn kwam.

'Heee ben jij er weer… weer op school… hee dat vind ik leuk, leuk je weer te zien… weer op school, leuk…'

'Thanx, gabber. Laterz.'

Ik moest mijn hand lostrekken, want onder al die spek Curre heeft natuurlijk wel heleboel spieren. Plus ik heb geleerd je moet afbreken zodra Curre ergens blijft steken.

Terug bij de klaslokaal Carin kwam aanlopen uit de docentenkamer, met Alex. Carin maakte de deur open en groette iedereen, terwijl Alex naar binnen glipte en in een hoek bewakertje ging zitten spelen. Vandaag hij was in zwaar overdreven hiphopstijl met zakkige Fubu-jeans en nieuwe paarse jersey van Lakers.

De rest van de dag was vet saai. Zweeds en geschiedenis en heleboel nieuwe boeken. In de kantine we kregen goulashsoep en je mocht maar twee boterhammen nemen. Ik snaaide wel stuk of vijf mee zonder dat Alex het zag, en wat ik niet op kon ik heb boter op gesmeerd en onder de tafel vastgeplakt. 's Middags we hadden scheikunde van Anita en daarna beeldende vorming van een nieuwe leraar met glosslippen die vet homo was volgens mij. We mochten eerder stoppen omdat de zomerwarmte zo drukkend was en de ventilatiesysteem nog steeds af en toe niet werkt.

Vanavond papa en ik hadden Nourdine te eten. Op deze moment ze zitten in de keuken te schaken. Ik heb eerst tegen papa gespeeld en Nourdine heeft afgewassen als dank voor papa's chakchouka. Papa had hoofdpijn na zware werkdag en daarom hij nam even pauze tijdens de partij om tablet in een glas water te laten vallen. Toen Nourdine stootte zijn hoofd tegen de keukenluikje, alleen hij stopte vlak ervoor en maakte een harde klapgeluid: 'Hoofdpijn – soms komt het opeens opzetten!'

Nourdine aapte precies de reclamefilm na en zijn lach denderde door de keuken. Papa glimlachte als antwoord. Papa heeft gezegd Nourdine lacht altijd hard omdat ze dat op de toneelschool leren en dat is moeilijk weer af te leren. Ik denk dat hij vooral hard lacht omdat hij wil gehoord worden en in de middelpunt staan zodat wij goed merken dat hij er is. Ik vind wel eens irritant dat hij altijd bij ons thuis zit sinds wij verhuisd zijn. Ik snap natuurlijk wel dat hij die pension van hem zat is, maar hij moet ook meer eigen leven maken in plaats van hier rond te hangen of in Stuket.

Papa kwam terug naar schaakpartij met bruisend glas water, waar hij met wijsvinger in roerde. Toen opeens hij viel aan met zijn loper. Nourdine liet de afwas staan en begon zijn rol van Baloe te spelen: 'Ai ai, nou Halim, het is zover: hou je pa in de gaten...'

Deze zet overviel me, want zijn linkerflank opende zich en zijn koningin stond alleen. Papa's gezicht toonde geen enkele aanwijzing, maar ik zou iets door moeten hebben, want Nourdine tuurde nog steeds vol spanning naar de bord.

Voor jou het klinkt misschien stom dat Nourdine Baloe speelt, maar dat komt hij heeft die rol in de Voorjaarstheater bij Hornstull gespeeld. Al een hele poos geleden, misschien twee jaar, vlak nadat Samir papa en Nourdine met elkaar had voorgesteld. De toneelstuk was vooral voor kleine kinderen, maar ik en papa waren er toch naar gaan kijken. Nourdine had grijze schmink en snorharen en een pak dat hem dik lijf gaf, dus hij zag eruit als een echte beer. Hij praatte ook echt precies als in de film. De kinderen lachten zich helemaal kapot toen hij fruit op zijn hand stapelde en met de apenkoning danste.

Ik tippelde in papa's schaakval en met mijn toren ik pakte zijn koningin. Zodra de koningin in de olijfhouten doosje was beland ik zag dat papa's mondhoeken trilden van vreugde. Nourdine ging weer aan de afwas en zong: *'Als je van beren leren kan, is dat iets wat je echt proberen moet...'*

Ik snapte meteen dat de spel verloren was. Papa viel aan met zijn paard en ik deed onhandige poging om met de andere toren te verdedigen. Maar de koning stond klem en drie zetten later de verlies was een feit. Papa leunde voldaan achterover in krakende keukenstoel en knakte met zijn nek. Nourdine riep met plechtige stem in het Arabisch: 'Otman, je moet je zoon leren dat de koningin niet alles is...'

Toen hij hoorde zeker zelf wat hij zei en het was alsof de woorden als stofjes in de keuken rondzweefden. Papa werd meteen ernstiger en de lucht veranderde. Het duurde hele poos voordat de lucht weer gewoon werd. Op deze moment ik hoor Nourdine vloeken in de keuken omdat hij altijd van papa verliest. Ik weet niet goed wat ik nog meer moet schrijven, dus ik stop hier.

Ik zit alleen aan mijn bureau en vanbinnen het is complete chaos. Het is moeilijk om te schrijven, maar ik moet, anders is het net of mijn hoofd ontploft.

Vandaag het is woensdag en vanochtend wij hadden houtbewerking. Alles was net als anders met houtkrullen en houtlijm en schuurpapier. Het eerste uur de meisjes in de klas wilden dat iedereen truttige botermesjes en snijplanken ging maken. Ik zweer je: ze zijn niet geschapen voor houtbewerking en ik kan niet begrijpen waarom ze het dan toch kiezen. Kristoffer snapt dat beter, maar die is weer te lomp. Die probeerde meteen materiaal voor een werpster mee te jatten in zijn rugzak. Alex zag het en kletste het meteen door tegen Nisse, die Kristoffer met een scheldpartij de klas uit stuurde.

Het tweede uur Carin kwam de les verstoren. Ze wenkte mij en riep (want anders hoor je niks door het lawaai): 'Halim, kun je even meekomen, we moeten eventjes praten. Wacht jij hier maar even, het duurt niet lang.' (Dat laatste zei ze tegen Alex die op een stoel in de hoek zat.)

Het gesprek was in Carins klaslokaal en op weg daarheen ik kreeg beetje gewetensknaging en voelde me vet schuldig, terwijl ik toch zo onschuldig was als een lammetje. Carin zei niets en ik ook niet. In de lokaal ik begreep dat het een serieuze gesprek was, want de rectrix was er ook bij. Ik had beetje medelijden met haar leerlingenstoel, want de armleuningen werden maximaal naar buiten gedrukt en de poten konden ieder moment breken. De decaan zat naast haar als klein bang muisje in kreukelige mantelpak. De hele tijd ze plukte aan haar zilveren vlinderbroche, die vast zat met een speld. Ze werden allemaal stil toen ze mij zagen komen. Carin ging aan de andere kant van de rectrix zitten en toen, als op commando, ze lachten alledrie in koor. Met glinsterend tandvlees de rectrix zei dat het fijn was mij te zien en vanbinnen ik voelde huiveringen.

Verder alles ging heel snel. Net nadat ze het hadden gezegd alles was beetje chaotisch leek het, en daarom ik weet niet zeker of ik alles goed heb gehoord, maar ik weet dat Carins stem het had over bezuinigingen en prioriteiten stellen, en daarna ik hoorde de stem van de decaan zeggen: 'Het onderwijs in de allochtone talen staat al heel lang onder druk.' Daarna ik hoorde de rectrix die een nies smoorde en daarna Carins stem weer: 'Je hoeft je geen zorgen te maken over Safa, want die heeft een baan gekregen in Blackeberg, je krijgt nog de groeten van haar.' Toen die van de decaan: 'Alex is eigenlijk de eerste speciale docent geweest die jullie aankan.' En toen die van Carin: 'Vorig semester ging het echt veel en veel beter.'

Rustig nou maar, ik hield mezelf voor, Rustig Nou Maar, geen toestanden, geen oproer. Ik haalde heel diep adem en vervolgens ik keek die kutwijven aan. Ze zaten fier op een rij. 'Wie heeft dit besloten?' ik vroeg.

'Wie het besloten heeft? Wie het besloten heeft?'

De decaan keek naar Carin en die keek naar de rectrix en die op haar beurt keek naar de decaan. Niemand wilde verantwoordelijkheid nemen natuurlijk en Halim dacht: ze spelen de schuld als een bal van de een naar de ander. En hij vroeg nog maar eens en nog maar eens, totdat de rectrix uiteindelijk haar geduld kwijtraakte. Boven alle onderkinnen er verscheen een mondje.

'Ja maar Halim, je wilt toch zeker niet beweren dat dit als een verrassing komt. Zolang als jij hier op school zit, zijn er toch zeker problemen geweest. En het feit blijft dat we geen geld hebben voor én Alex én Safa. We moeten gewoon prioriteiten stellen.'

Haar dikke hand klopte op de map met Halims naam erop, terwijl Halim zelf ademhaalde en in zijn hoofd 'Rustig Nou Maar' zei.

'Bovendien moet je bedenken dat dit jou een mogelijkheid geeft om extra je best te doen. Alex is hier immers voor jou en voor Carin en voor de hele klas.'

Vervolgens ze keek voldaan naar Carin en de spek onder haar kin trilde toen ze zei: 'Welnu. Dat was het.'

Carin zei dat ik terug kon gaan naar handenarbeid en ik holde hals op kop de lokaal uit en voelde de chaos vanbinnen groeien. Het leek wel een knotshoge golf die woest over de strand sloeg waar Halim op blote voeten in de zon liep. Maar net voordat de golf hem overspoelde hij kwam er toevallig achter dat de allochtone talenlokaal niet op slot was en leeg was.

Dalanda streelde zijn hoofd en rook naar henna en zijde en ze herinnerde hem eraan dat ze in Zweden spreekwoorden hebben als: 'Praten is zilver en zwijgen is goud' en: 'Wie op iets leuks wacht, wacht nooit te lang'. Bij ons Arabieren ze zeggen in plaats daarvan 'Een man zonder moed is geen man'.

Totale stilte toen Halim de viltstift uit zijn zak haalde. Op de witte doek die ze voor dia's gebruiken hij maakte kwaadaardige ironietekening van de rectrix op handen en knieën met paardenlul in haar mond en tekstballon met 'Ik slik!' erin. Vervolgens hij schilderde supergrote ster met nog grotere halvemaan ernaast. (Helaas de maan werd beetje scheef en leek op een banaan, maar was toch wel machtig.)

Ik beloofde dat vanaf nu die kutwijven zullen spijt krijgen als ze proberen Halim in een kameel zonder bult te veranderen, en het is totale oorlog nu, want familieleden van Hannibal en Saladin geven zich NOOIT gewonnen. Voordat ik naar de klas terugging ik deed nog een aanval op twee wc's bij de handenarbeidlokaal, zette een kruis door alle shittags en tekende iedere tegel vol zwarte sterren en manen.

Later op de dag Alex probeerde goed te maken door beetje met mij te kletsen.

'Ha die Halim. Hoe istie? Alles cool?'

Ik liet zijn vragen hard op de grond vallen, als parachutespringers die vergeten aan de touwtje te trekken. Alex werd nerveus en begon natuurlijk hevig te knipogen met zijn chinezenogen.

'Nou ja… hoe dan ook… Jij en ik gaan er dus de komende herfst een beetje extra aan trekken. Is dat niet cool? Lijkt het je wat?'

Ik staarde alleen maar en gaf geen antwoord en hoewel Alex zijn harde buitenkant wilde tonen je kon zien dat hij geknakt was. Waarom ik zou iemand respecteren die als het stil wordt meteen met zijn hele gezicht begint te knipogen? Ik hield de mute-knop in mijn brein ingedrukt en Alex snapte dat hij verloren had.

HET IS INTUSSEN laat op de avond en ik kan niet slapen, daarom ik heb muntthee gezet en nu ik zit aan mijn bureau. In de woonkamer papa zit te snurken in de leunstoel. Tegen zes uur papa kwam thuis met plastic tassen van de drankwinkel en hij had twee goede nieuwtjes:

1. Nourdine mag auditie (= soort proeftoets voor toneelspelers) gaan doen voor een rol in echt toneelstuk. Nourdine zag de bordje vandaag op weg naar huis en de regisseur zei meteen al dat hij waarschijnlijk wel geschikt is voor de hoofdrol!
2. De fiets die wij hebben gevonden en die nu als reclamebord dienstdoet, werkt vet goed. Al een paar dagen achter elkaar er zijn meer klanten in de winkel geweest dan normaal en sommigen hebben ook iets gekocht.

Papa waste zijn handen met afwasmiddel en riep dat de laatste klant vlak voor sluitingstijd heleboel dingen voor zijn bedrijf had gekocht.

'Die zeepbakjes met elanden, weet je wel, waar jij niks in zag? Hij heeft er vier gekocht. En negen of tien handdoeken en twee van die dozen pleisters. Alles contant!'

Papa lachte met zijn hele gezicht en riep dat we het meteen gingen vieren.

Onder het eten papa dronk een paar glazen wijn en voor de tv hij ging daarmee door. De hele tijd ik zat naast hem op de bank te denken: wanneer is de beste moment om te vertellen. De hele tijd ik dacht: beter nog even wachten tot straks. Op net drie er was een ziekenhuisserie en ook als ik even de kamer uit ging ik hoorde papa met zichzelf praten over wat er op tv gebeurde.

In de laatste reclamepauze ik vatte moed en vertelde dat de school de allochtone talenonderwijs had afgeschaft. Eerst papa leek het niet te horen. Ik zei het nog een keer, beetje harder, maar papa maakte zijn blik niet van de tv-scherm los.

'Hallo, hoor je me niet? De lessen Arabisch zijn gestopt. Ze zeggen dat er geen geld is.'

Er gingen best veel seconden voorbij. Op de tv er was reclame voor wc-papier en toen papa keek eindelijk naar mij.

'Waarom geloofde jij niet in die zeepbakjes? Ik zei toch dat we die wel zouden verkopen.'

'Hou op. Snap je het niet? Het is afgelopen, finito, voorbij. Nooit meer.'

Papa slaakte een ontzettend diepe zucht.

'Nee Halim, jíj snapt het niet.'

'Wat niet?'

Tussen papa's lippen en snor er zaten opgedroogde sporen van wijn.

'Tja... Mijn zoon... Wat voor taal spreken ze in... zeg maar... Griekenland? Nou? Raad eens?'

'Hou op.'

'Hoorde ik daar "Grieks"? Tien punten. En... hm... in... Frankrijk? Nou? De tijd is om... Wat? Ja! Twintig punten. Frans! En in Zweden spreken ze... Dit is je kans... 10.000 kronen als het je lukt...'

'Maar wij doen dat niet.'

'Wat?'

'Nou, wij spreken toch echt geen...'

Papa's blik was weer op de tv gericht. Een dikke kok met homokapsel zei dat Yes-afwasmiddel zuiniger was dan alle andere afwasmiddelen. Drie minuten lang ze vertelden verschillende nieuwsberichten en daarna ze lieten een of andere gast in Karlstad zien die de grootste verzameling frisdrankflesdoppen had van heel Zweden. Papa zapte naar andere zenders en ik probeerde het nog eens: 'Papa. Wij praten toch bijna nooit...'

'Nee, maar dat is omdat wij kunnen wisselen tussen een beetje Arabisch en een beetje Zweeds. Geen probleem voor ons, dat kunnen wij gewoon... Kijk, dat zijn die... hoe heten ze?'

Daarna wij zeiden niets meer. Papa wees blij naar de scherm, want op net vier ze zeiden iets over de Friends Band, die afgelopen zomer misschien wel zestig concerten heeft gegeven en straks in de herfst zijn nieuwe cd gaat uitbrengen. Plus dat ze meedoen aan een dansbandfestival en nog een heleboel meer. Ze speelden paar stukjes muziek van hun nieuwe cd en papa's voet stampte de maat.

'Zijn die lui populair bij jongeren? Dat kan toch haast niet, zeg? "Verslindende blikken"... Wat bedoelen ze daarmee? "Blikken" – van je ogen dus, waar je mee kijkt – en dan "verslinden"? Verslinden?'

Papa lachte zijn breedste glimlach en wees op zijn hoektand die ook roodgekleurd was, en het viel niet mee om niet boosaardig te denken, dus ik liep snel de kamer uit. Binnen in mij ik voelde iets van oproer en een seconde was genoeg. Ik zag haar, er is wat tijd voorbijgegaan, dus ze heeft nu kussens nodig aan beide zijden als steun op de bank, en er komen lange spuugdraden uit haar mond. Papa die ze steeds wegveegt en de zware geluid van de natte papieren die op de grond terechtkomen, want ze heeft geen controle meer. Als ze haar mond weer opendoet de pilletjes liggen er nog steeds, want de spieren om te slikken zijn aan het verdwijnen met al het andere en papa kijkt op en ziet mij, een eindje verderop, misschien bij de deur, bijna op de drempel. Korter dan een seconde, maar met beetje focussen ik kwam terug. Ik keek lang naar de foto van koning Hassan II op de gouden troon in zijn zwarte pak en zwarte das en met zijn kalme gezicht voor de rode ster op de achtergrond. Daarna ik heb eerst nogal lang geprobeerd in slaap te vallen en heb toen maar thee gezet en de schrift tevoorschijn gehaald.

HET IS ZONDAGAVOND nu en ik zit aan mijn bureau, net uit bad. Er ligt rust in de lucht; het gebeurt zelden dat alle stilte als het ware zo geconcentreerd is als op zondagavond, als je een bad hebt genomen en daarna in je eentje nog op zit.

Nourdine kwam al vroeg langs vanochtend. Hij had de tekst bij zich van de toneelstuk waar hij misschien een rol in krijgt. Hij had ook nog twee ongeopende pakjes sigaretten in zijn tas en ongeveer een pond pistachenoten. Papa zette een asbak neer en sloot de zonlicht buiten met luxaflex. Nourdine stroopte zijn mouwen op en deed ademhalingsoefening. Het klonk zoals vrouwen doen die een kind moeten krijgen. Ondertussen papa en ik hielpen met de vertaling van de moeilijke Zweedse woorden. De stuk heette *Peer Gynt*, maar eigenlijk ik vind *Peer Sukkel* een betere naam. De stuk was geschreven door een Noor, al een paar eeuwen geleden, en daarom het was vet rare taal. De personen bijvoorbeeld werden 'geitenhoedster' en 'knopengieter' genoemd. Als iemand vervelend deed ze zeiden 'doe niet zo lelijk' en als antwoord ze zeiden scheldwoorden als 'pummel' of 'schreeuwlelijk' of 'draaier'.

Ik voelde dat papa een paar keer met teleurstelling keek, omdat ik niet alle moeilijke woorden kende. Maar met beetje nadenken en woordenboeken wij begrepen meestal wel wat ze bedoelden. De stuk was vet raar. Peersukkel zat beetje achter paar chicks aan en hing rond bij een trollenfamilie en kwam een gozer tegen die De Grote Kromme heette. Later hij was op zee en in de woestijn en ten slotte hij kwam thuis als oude man en toen hij had spijt van alles wat hij had gedaan.

Terwijl Nourdine naar de wc was ik vroeg papa waarom Nourdine zo blij was met zo'n stomme Zwedorol. Papa zuchtte alleen maar en bladerde verder in de woordenboek. Ik zei tegen Nourdine dat de stuk volgens mij beetje shit was, maar hij lachte alleen maar.

'Je kunt niet kieskeurig zijn, Halim. Je moet nemen wat je aangeboden wordt. Niet alle rollen zijn nu eenmaal als Estragon! Ik heb je toch verteld van de tijd dat ik de wereld afreisde met dat stuk van Beckett? We speelden in Berlijn... Milaan... Parijs...'

Nourdine was gaan zitten. Hij legde één voet op zijn knie en gaf er een ontzettend harde klap op.

'"There is nothing to be done", hoor Halim, luister nou maar: *"There is nothing to be done"*!'

'Zo, en nu gaan we weer verder in het Zweeds', papa onderbrak hem. 'Laat Halim zien hoe je het uitspreekt.'

Nourdine deed zijn best om de ingewikkelde tekst op Zwedotoon voor te lezen. Soms hij klonk echt, soms hij bleef in een lastige woord steken en soms papa moest hem herinneren niet te veel zijn Baloe-stem te gebruiken.

Ze oefenden op een scène waar Peer bij de Trollenkoning zat. Papa las de woorden van de Trollenkoning en Nourdine stond midden in de kamer Peer te spelen. De tekst vertelde hoe Peer eigenlijk geen trol wilde worden maar dat de koning hem overhaalde, hem lokte met goud en chicks, en Peer ging trollenbier drinken en trollenkleren aantrekken en zelfs hij deed kleine staartje aan om net als de trollen te worden. Toch op het laatst Peer vermande zich, zei nee tegen de Trollenkoning en ging ervandoor.

Hoewel Peer een sukkel was ik voelde dat Nourdine de rol met mega veel inleving speelde. Toch het is moeilijk te begrijpen hoe Nourdine zo blij kan zijn terwijl hij vroeger echtere rollen heeft gespeeld. Een keer twee jaar geleden hij speelde taxichauffeur in een korte film die op een filmfestival in Denemarken werd vertoond. Een andere keer hij speelde kebabverkoper in *Gescheiden werelden* (wij hebben die video). Eerst hij staat op de achtergrond en later hij steekt zijn hoofd uit de kraampje en hij vraagt aan een vent die Daniel heet: 'Chilisaus? Zout op de frieten?' Zelf ik vind zulke rollen beter voor hem, want ze passen altijd meer bij Nourdine dan dat hij suffe Noor moet spelen die Peer heet.

Tussen de middag ik ging weg van de toneelgedoe en sigarettenrook, ik glipte langs de draaihekje en nam de metro. Dalanda zat op de gewone bank de duiven te voeren. Toen ik vertelde over de eerste schoolweek en de allochtone talenonderwijs ze raakte in volle vuur en vlam en ze begon meteen te praten over de Integratieplan.

Ik vroeg: 'Wat voor Integratieplan?' en toen zij keek naar mij met ogen die je misschien gebruikt als je naar gewonde kleine vogeltjes kijkt.

'Heeft je vader je niet eens over het Integratieplan verteld? Meen je dat? Heeft hij niet eens gezegd dat de Zweedse politiek bezig is om alle immigranten te veranderen in Zweden?'

Maar hoewel ik zelf ook wel eens beetje zo denk, ik weigerde iemand anders papa te laten dissen.

'Jawel, natuurlijk heeft hij dat verteld, maar dat is al lang geleden. Daarom. Lang geleden.'

Dalanda had nog steeds beetje sceptisch.

'Je vader... is die wel echt gelovig? Bidt hij vijf keer per dag? Leest hij vaak de Koran?'

De eerste twee vragen ik knikte ja op, maar daarna ik voelde dat het te veel leugens tegelijk gingen worden, dus op de derde vraag ik schudde nee.

'Maar hij leest geen Zweedse shitboeken', ik zei vlug, zodat ze niet zou denken dat papa bezig was te verzweedsen. 'Meestal leest hij Arabische schrijvers. En dichters.'

'Welke?' Dalanda vroeg midden tussen de happen sinaasappel door.

Het was vet fijn om de waarheid te kunnen zeggen.

'Omar. Hij is gek op Omar Khayyam. Vroeger las hij een heleboel andere boeken, ook wel van Zweden. Maar nu leest hij bijna alleen Omar.'

Dalanda zag eruit alsof ze per ongeluk bloedworst had gegeten.

'Omar? Weet je niet dat Omar geen Arabier is? Hij is een Pers, lieve Halim. En bovendien is hij een zuiplap en een warhoofd. Drinkt je vader ook alcohol?'

'Uiterst extreem zelden', ik zei en ik vroeg of ik ook een sinaasappel mocht. Ze gaf er een en toen ze boerde een paar keer zonder geluid.

'Wil je weten wat ik denk? Ik denk dat jouw vader zo'n intellectueel is. Ik denk dat hij een kameleon is die van omgeving verandert en zich aanpast. Die als nieuw wordt, die alle traditie en geschiedenis vergeet. In Libië hebben we een spreekwoord dat zegt dat er een grote gelijkenis is tussen intellectuelen en manke kamelen. Weet je waarom?'

'Nee. Vertel.'

'Ze zullen geen van beiden ooit een revolutie beginnen.'

Dalanda liet de schoonheid van de spreekwoord poosje schitteren voordat ze weer iets zei.

'Hoe gaat het trouwens met het schrijven? Je hebt het toch niet opgegeven?'

'Nee hoor, absoluut niet. Ik schrijf door. Het gaat geweldig.'

Dalanda leunde tevreden achterover en mompelde dat schrijven belangrijk is voor het denken. Ik concentreerde me op het eten van sinaasappelpartjes. Toen ze in slaap viel ik schoof dichter naar haar toe om haar geur te ruiken. Ze zegt altijd dat ze zo slaperig is omdat ze in haar leven over zoveel tijdzones is gevlogen. Ze is gewoon in Luleå geboren, maar haar ouders zijn allebei uit Libië naar Zweden gekomen, lang geleden, in de Middeleeuwen bijna. Op gegeven moment haar ouders kregen natuurlijk spijt en toen ze hebben haar naar familie in buurt van Tripoli gestuurd om daar op te groeien. Daar zij ontmoette een Saoedische diplomaat die haar meenam naar de VS en later naar Oostenrijk. Op gegeven moment ze kwamen terug naar Zweden en de gezin van Dalanda's broer kon toen ook een verblijfsvergunning kopen. Allemaal ze leefden gelukkig tot de chauffeur van de diplomaatman vlak bij Karlaplan op een taxi botste waar superslechte maar superknappe Zweedse chick in zat. Zij zag meteen dat Dalanda's man duur pak droeg en mooie diplomaten-Mercedes had en daarom zij zette haar klauwen in hem en overtuigde hem dat zij zouden mega verliefd worden en dat Dalanda moest worden ingeruild. Die man liep erin, en uiteindelijk hij deed aangifte bij de politie, omdat Dalanda niet uit de diplomatenhuis wilde vertrekken. Zij werd toen eerst even naar ziekenhuis gebracht en later naar haar broer in Skärholmen. Zij krijgt nog steeds rillingen, zegt ze, iedere keer als zij een taxi ziet (speciaal die met bordje van TAXI STOCKHOLM).

Ze werd wakker van haar eigen gesnurk en ik geloof dat ze merkte dat ik dichterbij was gaan zitten. Ze begon over de jood Sharon, die net een wandeling naar de Rotsmoskee had gemaakt. Hij deed dat vooral om de Palestijnen te irriteren en als antwoord er kwamen natuurlijk grote rellen. Er zijn al heleboel Arabieren dood en Dalanda zei het was makkelijk de boosheid te begrijpen.

'Sharon gaat al veel te lang mee, daarom ligt het extra gevoelig. Je weet toch wel dat hij die slachtingen in Sabra en Shatila heeft goedgekeurd? Weet je iets van Sabra en Shatila?'

'Tuurlijk.'

Dalanda zei ook nog Sharon was supergrote bedreiging voor de vrede en alles zou naar de knop gaan als hij meer macht kreeg. Ik wist nog van Sabra en Shatila, want vroeger papa en mama hadden over die dingen gepraat. Ik weet er echt wel van. Misschien tweeduizend Arabieren (meest vrouwen en kinderen en beetje bejaarden) afgeslacht omdat de joden boel hadden bezet en later, toen de PLO op de vlucht was gejaagd, ze hebben de falangisten binnengelaten. Iedereen wist het en zelfs de VS hadden gewaarschuwd. Ik herinner me de bloedbeelden van lijken langs de weg en de kinderen op hopen en de zwangere moeder dood op de grond (bijna naakt). Ik herinner me ook de jongen die doodgeschopt was en in plaats van gezicht er was alleen gehakt met onderop paar halve tanden. Papa wordt kwaad en zegt dat ik te klein ben, maar mama, die nog sterk is, duwt hem weg en laat nog meer foto's zien en zegt dat ik best oud genoeg ben. Ik weet het echt wel, maar als niemand mij eraan herinnert er is kans dat mijn geheugen beschimmelt.

'Zeg hoor eens, dromertje. Vond je je sinaasappel lekker? Zag je het Jaffa-stickertje niet?'

Ik snapte echt wel meteen dat zij nooit Jaffa-sinaasappels zou kopen en wij lachten hele poos. Nog steeds zij hield mijn hand vast en vanbinnen er was heel warm gevoel.

Tegen vieren de vrouw die met Dalanda's neef getrouwd is kwam Dalanda halen. Ze had een geel jack aan op een geel T-shirt en op haar benen ze had een zijstreep met gele stof (maar haar tas was meer oranje). Zij keek niet naar mij, pakte alleen Dalanda beet en zei: 'Jalla, het is tijd om naar huis te gaan.'

Ik vond haar beetje respectloos toen zij ons gesprek zomaar afbrak, dus ik zei: *'Beshuaya, beshuaya'*, maar zij hoorde mij blijkbaar niet. Ze pakte gewoon Dalanda's tassen en nam haar mee naar de parkeerplaats.

Toen ik thuiskwam papa en Nourdine waren klaar met de repetities. Er lag grote berg pistachedoppen op tafel en nu keken ze naar *Wie wil er miljonair worden.*

'Jullie buurman!' riep Nourdine. Hij wees naar Bengt Magnusson.

Papa luisterde naar de tienduizendkronenvraag en gaf geen

antwoord. In plaats van naar Zwedo-tv te kijken ik liet een bad vollopen, gleed tussen de bubbels en vroeg me af of de vent met wie wij onze flat hadden geruild ons nu wel of niet had bedrogen. Je denkt Zwedo's zijn altijd eerlijker dan allochtonen, weet je wel, en beetje daarom ik denk dat wij het geloofden toen die vent zei dat tv-ster Bengt Magnusson zijn buurman was. Papa had haast om uit Skärholmen weg te gaan en was extra in de schik toen hij het hoorde en de naambordje zag. De eerste tijd papa praatte vaak over dat hij Magnusson kon tegenkomen bij de vuilniscontainer of de lift, maar wij hebben nog steeds geen glimp gezien. De naambordje zit nog steeds op de brievenbus en een keer papa zei dat hij hoorde iemand rookhoesten achter de deur. Misschien we zijn bedrogen, misschien niet. Ik dacht: eigenlijk het maakt geen verschil, en ik zette de warme water weer aan, want de oude water was koud geworden zonder dat ik het had gemerkt.

Vandaag ik heb een theorie bij elkaar gefilosofeerd over de Zwedo's en de zwarten op school.

Je kunt zeggen: er zijn drie soorten Zwedo's. Eerst de Zwedokakkers, die maffia spelen maar dan wel op een Zwedomanier. Zij dragen merken die duur zijn, maar met kleine logo's en die vallen minder op dan dure allochtonenmerken. (Zwarten doen eerlijker alsof ze rijk zijn.) De Zwedokakkers hebben kleren uit dure winkels in Östermalm, echte van Lacoste en nooit broeken van Diesel uit Estland. Bijvoorbeeld neem Philip, die komt vaak met witte polo naar school, of Anna en Jessica met van die glimmende meisjeslaarzen en nooit met vieze haren. Lena en Peter horen daar ook bij, want die zouden echt nooit iets aantrekken wat opvalt.

Toch er zijn maar weinig Zwedokakkers, want bijna iedereen op school hoort bij de alto's, met armoedige kleren, kapotte leren jacks en vet veel gaten in hun broeken. Vaak hun haar zit helemaal in de war en de meisjes hebben soms lange rode fluwelen rokken aan en netkousen. Als je een van hen wil worden je moet zeggen dat Russen de beste poëzie maken en naar Bob Hund luisteren in plaats van naar Snoop Doggy Dogg. Plus dat je moet bereid zijn heel trots te zeggen dat je je kleren bij de dump hebt gekocht, net als David, Stefan en Karro! Geen allochtoon wil daar natuurlijk bij horen, behalve Mårten (die heeft ouders uit Polen). Nicole hoort ook bij de alto's, maar je ziet ze wel scheef kijken als zij met rubberlaarzen en helemaal in oranje naar school komt (ook de alto's hebben grenzen). Toch ik denk wel eens: die alto's spelen eigenlijk vals, want ze hebben altijd veel floes om iets te kopen in de pauze en van hun ouders niemand zit in de bajes of werkt in de schoonmaak.

De derde soort Zwedo's zijn die van de balletklassen, maar eigenlijk je ziet die niet vaak op school, want ze zitten altijd in de balletlokaal om te trainen met rekken en strekken. De balletmeisjes zijn sprietdun, ze hebben hun haar in een knotje en de jongens zijn maar met vier of vijf per klas en op de schoolfoto ze staan altijd te glimlachen als echte homo's. Van de balletklas iedereen loopt met zijn tenen naar buiten en met zijn rug recht als een plank.

De allochtonen op school zijn niet met zoveel, maar ze zijn er wel in twee versies. Nummer één is de gewone allochtoon: de ruziemaker, de stiekemerd, de jatter, de gangsta. Bijvoorbeeld neem Sebastian en Angelo. In Skärholmen de beste voorbeeld is Alonzo, want die heeft Juan geleerd hoe wij voor vijftig öre kauwgom moesten kopen bij de Snoepshop nadat we eerst Snickers en Twixen in de mouw van onze jas hadden gestopt. Dankzij hem ik weet hoe je stillen ontdekt in de mensenmenigte en hoe je luchtbuksen in echte wapens verandert. Allochtoon nummer twee is de nerd die zijn toetsen leert en deftige woorden gebruikt en nooit zwartrijdt in de metro of graffiti maakt. Als voorbeeld wij hebben de tweeling Faud en Fadi plus alle andere Iraniërs die met de leraren slijmen en tandarts of ingenieur willen worden. Ze denken dat ze respect krijgen, maar eigenlijk alle leraren lachen hen uit omdat ze begrijpen dat ze verdwaald zijn.

Maar vandaag ik heb gefilosofeerd dat er nog een derde soort allochtoon bestaat, een die helemaal vrij is en die de Zwedo's het meest haten van allemaal: de revolutiemocro, de gedachtesultan. Hij die door alle leugens heen kijkt en zich nooit voor de gek laat houden. Ongeveer zoals al-Kindi, die alle codes brak en duizenden coole boeken schreef over astronomie en filosofie maar ook over muziek en wiskunde. Vorig semester ik was vooral ruziemaker denk ik, maar vanaf nu ik zweer dat ik gedachtesultan word.

Vandaag in de pauze Hristo wilde aan iedereen bewijzen dat hij een echte gangsta is (terwijl zijn vader komt gewoon uit Bulgarije). Vergeleken met Sebastian en Angelo en de anderen die vorig voorjaar van school gingen Hristo was altijd een magere loser met een Hammarby-sjaal en met een klontje snuiftabak onder zijn lip. Maar nu hij is begonnen op de Åsö-school en in de overblijflokaal hij is de oudste gast en daarom hij speelt graag Bonanza. Plus dat hij wilde zijn spierballen laten zien aan zijn vriendin uit 9d die een pijpmond heeft.

Eigenlijk de ruzie begon toen ik hem versloeg in de pingpong-om-de-tafelfinale met een met plakband gerepareerd batje. Hristo riep dat ik serveerde als een wijf, alleen maar omdat ik een speciale effectbal heb die ontzettend cool is. Zijn lelijke chick giechelde en ik daagde hem onmiddellijk uit.

'Wat is er, je bent bang hè! Twintig ballen als ik je versla, yo! Tot drie.'

Halim zegt niet vaak iets, maar als hij iets zegt iedereen weet dat hij het serieus bedoelt. Toch soms hij kan de gevoel krijgen dat ze lachen als hij niet kijkt. Serieus, serieus, geen geintje, serieus. En als hij dan weer naar Hristo kijkt, ergens in een hoekje van zijn blik er lacht iemand. Halim draait zich om, maar de gevoel komt de hele tijd terug en het is altijd achter zijn rug. Eén ding tegelijk, en dat is op deze moment een vuile Bulgaar die klappen moet krijgen in de pingpongfinale.

Hristo gooide zijn jack uit en blies warme lucht op zijn batje (alsof dat verschil zou maken). Hij knikte om te laten zien dat hij klaar was. Hij won de eerste punt, maar daarna ik pakte drie punten achter elkaar. Weggespeeld.

'Kom op met je geld, hé. Twintig ballen, geen gelul.'

Ik schreeuwde hard zodat ze tot in de biljartkamer zouden kunnen horen dat de gedachtesultan zijn eerste strijd had gewonnen. Hristo legde zijn batje op de tafel, lachte naar die kutwijf van hem, strekte zijn arm en boog hem in de vorm van een L.

'Eén, twee, drie, vier...'

Hij spande zogenaamd zijn minispierballen en zijn vriendin met haar clownsmake-up begon te giechelen: 'Je wou toch twintig ballen hebben. Dat zei je zelf. Twintig ballen!'

'...zeven, acht, negen...'

Ik zou me niets van aangetrokken hebben als niet iedereen in de overblijflokaal opeens onze kant uit had gekeken en had gelachen en gewezen. Zijn vriendin proestte, ze leek wel een nijlpaard.

'Twintig ballen zei je toch... Nou, hier heb je ze.'

'...dertien, veertien, vijftien...'

Toen Hristo klaar was hij lachte in de hoop dat ik geknakt was en de overwicht zou verliezen en weer een gewone mocrogangsta zou worden. Hij wilde dat ik zou laten zien dat ik een van de velen was. Maar ik glimlachte alleen maar als een duizend jaar oude farao op een gouden troon die wordt toegewuifd met palmbladeren en die zijn eigen haremvrouwen heeft en in een fantastisch mooie piramide woont. Met kalme stem ik zei: 'Hey man. Ik snap het, jij bent arm. Iedereen weet dat je moeder skinheads pijpt op TV1000.'

Ik was nog niet uitgesproken of Hristo kwam met zijn batje omhoog om de tafel heen op mij af. In zijn ogen er brandde een vuur van woede en zijn geschoren kop glom in de licht van de tl-buizen. Hij had mij bijna in de hoek gedreven (maar hij zou daar nog spijt van hebben gekregen) als Alex hem niet was komen redden: 'Hee jongens, hallo! Break it up! Rustig aan.'

Hij pakte Hristo beet en wist hem terug te duwen. Hristo zette een moordenaarsgezicht en riep dat hij mij nog wel zou pakken. Ik heb schijt aan zijn dreigement, want hij zit toch niet meer bij ons op school en ook hij zal echt nog wel eens volwassen worden. Later op de dag ik ontsnapte aan die stomme bewaking van Alex en tekende alle wc's in de gang bij de taalleslokalen vol sterren en manen.

Op de nieuws op TV4 vertelden ze over nieuwe gevolgen van Sharons bezoek aan de Rotsmoskee.

Al 42 doden: 33 Palestijnen, 7 Arabische Israëli's en 2 joden. Dit is de nieuwe intifada, Palestijnen verbranden Israëlische vlaggen en schieten met slingers, soldaten gooien traangas en zoeken dekking achter straathoeken, en tanks verbrijzelen huizen en ontwortelen olijfbomen. In Gaza het is extra chaos, want twee Palestijnse chauffeurs van een ambulance zijn gedood en de jodenminister zegt het zal hard tegen hard gaan, want dat is de enige taal die de Arabieren snappen. Vervolgens de Zweedse chick met glosslippen in de studio waarschuwt voor extra akelige beelden.

Op de scherm men ziet vader en zoon. Blijkbaar ze zitten gevangen door Israëlische kogels achter een betonblok en de zoon huilt en de vader brult dat ze moeten ophouden met schieten. Hij kijkt met vertwijfeling recht in de camera en probeert zijn zoon met zijn eigen lichaam te beschermen. De zoon maakt zich zo klein mogelijk, maar het is te laat, want de kogels hebben al doel getroffen en de vader plus de jongen spartelen tot ze stil liggen en voorzichtig de bloed stroomt uit hen. Mohammed Jamal Aldura was twaalf jaar en hij stierf, maar misschien de vader overleeft.

Papa zuchtte en zapte naar een andere zender. Hij liet zijn wijsvinger op de afstandsbediening van de ene knopje naar de andere springen alsof hij supersnel pianowijsje speelde. Na een close-up van een groene kever er kwam een Rus die een kogel stootte. Daarna een homevideoclip met een datum in de hoek en een bruine hond met een zonnebril op die een christelijk lied playbackte. Daarna een weervrouw waarschuwde voor lage druk en daarna er was een tv-verkoper die met triomf riep: 'My God, this is truly amazing.' De presentator antwoordde in dwaze extase: 'Are you impressed? I'm impressed!'

Ze probeerden handige naaimachientje te verkopen die in klein doosje paste en die je overal kon gebruiken, bijvoorbeeld in de trein. Papa keek nieuwsgierig en zijn wijsvinger bewoog niet. 'Zap!' ik wilde roepen, maar hoe moest dat wanneer ik ook respect wilde tonen?

Ik weet nog van andere tijd in andere flat waar papa vol raakt met chaos, de bank staat in de hoek en er zijn andere geuren onder andere brood en warmte van de oven en zon in de middag en mama heeft gezegd: doe de balkondeur open anders smelten we weg. Daarom ik speel met Dinoraiders in de hoek en ik weet nog dat papa brult van kwaadheid en mama komt gauw naar de huiskamer met vingers vol meel en plakkerig van de deeg. Ze staat in deuropening met handpalmen naar de plafond gekeerd alsof ze gaat bidden er zit beetje meel op haar voorhoofd en ze staart naar tv-beelden van Beiroet met huizen die tot gruis en meel en stof worden en vrouwen die huilen en niemand zegt iets behalve papa die zegt de lelijkste woorden in het Arabisch die er bestaan. Helemaal op de eind een Amerikaan zegt iets wat ik niet begrijp en de scherm wordt zwart en met een lange boog de afstandsbediening vliegt naar buiten.

Later in de keuken het is koeler en er is meer schaduw en ik weet nog dat mama op de onderkant van de broden klopt om te testen of ze klaar zijn. Mijn benen bungelen langs de stoel en ik weet nog dat mama lacht en aan papa vraagt waarom hij het niet opgeeft. Papa's gezicht wordt ook helemaal vol lach en als hij de batterijvakje openmaakt er zit zand in en ik weet nog dat papa nog harder lacht en het opgeeft. Hij pakt alle snoertjes en de printkaart en de geruite knoppenmatje en gooit de hele rotzooi in de prullenmand en hij zegt wat een slechte kwaliteit zeg, die afstandsbediening kan niet eens tegen een vliegreisje vanaf de tweede verdieping.

Ik ging naar mijn kamer en toen eindelijk papa zei iets. En hoewel ik wist dat het een grap was, dat hij lollig wilde zijn, ik beken toch dat ik paniek voelde, want een paar microseconden lang ik dacht dat hij het meende.

'Nu weet je wat ik voor mijn verjaardag wil hebben', papa zei met een knikje naar de tv waar de presentator alle speciale vakjes van de naaimachientje liet zien.

Hij glimlachte om te laten zien dat hij een grap maakte. Ik wilde met dezelfde gezichtsuitdrukking antwoorden, maar ik had gevoel dat ik grijnsde als een idioot.

'Ik ga naar bed. Tsbahallahger', zei ik.

'Tsbahallahger', papa antwoordde.

Vandaag in de lunchpauze ik dacht dat ik Hristo's gewatteerde jack in de overblijflokaal zag. Om geen gezeur te krijgen ik kocht kauwgom in de kiosk en bleef in de buurt van de stalen slagboom rondhangen. Dat is eigenlijk beetje buiten schoolterrein, maar zo lang Alex het niet ziet niemand zegt er wat van. Vroeger toen het nog niet verboden was er werd gerookt hier en veel leerlingen uit de hoogste klassen van de bovenbouw zaten in de pauze hier. Tegenwoordig je kan meestal rustig hierheen gaan. Ik zat met bungelende benen en ik voelde me als Ibn Rushd terwijl ik filosofeerde dat je wel een grote loser bent als je in de pauze nog naar je oude school komt terwijl je al op de voortgezet onderwijs zit. Toen filosofeerde ik verder dat het wel raar is dat Turken zoveel Zweedse woorden krijgen. Bijvoorbeeld de kiosk ze noemen de Turkenshop, terwijl de eigenaar gewoon Bosnisch praat. Ook ze zeggen Turkendouche over deospray en Turkenschoenen over Buffalo's, terwijl er gewoon heleboel soorten allochtonen zijn die die schoenen dragen.

Het was superzonnig zomerweer met zingende vogeltjes en warme wangen. Morris was nergens te zien, maar hij had zijn raam beetje op open staan en soms je kon een paar basklanken horen uit zijn studio in de kelder. Ik zat daar heel relaxed en ik vond zelfs niet storend toen ik stappen en geritsel van de struiken hoorde en Curre naast mij op de slagboom kwam zitten. (Rustig maar vriend, Curre is groot, maar de boom is van superdik staal.) Hij rook naar drankzweet en zijn flanellen overhemd zat helemaal scheef geknoopt, zodat de onderkant van zijn zwarte buik eruit hing.

Vorig voorjaar Morris zat nog maar kort in de studio en soms hij hing met de negendeklassers hier rond bij de boom, deelde peuken uit en zat zogenaamd de meisjes te flowen. Hij schepte over op dat hij niet altijd met tv-muziek had gewerkt en dat hij bas had gespeeld met groepen als Toto en Abba. Niemand geloofde hem, want ze zagen allemaal dat Morris zo oud was als een vader en lang dun haar had. Plus dat alleen echte shitbands Toto kunnen kiezen als naam.

Morris zei een keer dat hij Curre nog kende uit de jaren tachtig toen Curre nog de beste geluidstechnicus van de stad was. Curre nam slechte kwaliteit drugs en overdoses en ging steeds gekker doen. Een keer hij werd kwaad op de neger die maracas speelde bij Bruce Springsteen en na de concert hij gaf hem schop in zijn zak. Een andere keer Curre zei dat Ebba Grön geld uit zijn portemonnee had gestolen en hij wilde haar showkleren in brand steken voor wraak. De politie kwam en in de hele stad niemand gaf Curre nog werk natuurlijk. Toen hij kreeg werk op de ferry naar Finland, hij moest de karaokemachine bedienen, maar een keer op een nacht hij viel in slaap achter de luidsprekers en werd wakker met waanzinnig gerinkel omdat zijn hoofd vol oorsuizingen zat. Na kleine tussenpoos hij kreeg een baan hier op school, alleen zijn loon is wel lager dan de loon van de andere schoonmakers.

Toch het leek wel of Curre gelukkig was daar op de slagboom met al die schommelende vet van hem.

'Shit in, shit uit', zei hij nog eens met zijn brede glimlach terwijl hij zat te chillen op de zwakke muziek uit de studio.

In Skärholmen de mensen zouden over Curre zeggen: 'Mi gado, die nigga is phat maddish.' Hier in Söder ze zeggen meer zoals Morris: 'Je kan zeggen wat je wil, maar die Curre is een origineel type.' Origineel? Als een soort original Levi's? Die neger is zo gek als een deur, zeg nou zelf. Eigenlijk Curres loon zou nog meer moeten zakken, want hij is zo doof als een kanon en je ziet hem steeds vaker stilstaan in de gang. Vorig voorjaar dat gebeurde maar af en toe, maar dit semester ik heb al twee keer gezien dat hij stokstijf stilstaat en geen vin verroert, terwijl de leerlingen uit de zevende lopen te wijzen en te fluisteren.

Tegelijk er is iets met Curre dat is wel machtig, ik zweer het. Ik weet niet wat, maar altijd als ik hem zie stilstaan ik ga naar hem toe om hem wakker te maken. Ik geef tikje op zijn schouder en algauw hij kijkt op, geeft zijn glimlach, gaat verder met schoonmaken en praat verder over oude concerten en fluistert met zijn fantasiegabber die hij Plura noemt. Zelfde soort gezwam als vandaag op de slagboom, terwijl ik roze kauwgombubbels blies en zat te filosoferen.

'...Er zijn... geen regels... dat zei Plura al in Eskilstuna... in '84 geloof ik... ja in '84... en zo is het... geen regels, alleen heel veel guidelines... geen regels, alleen shit in shit uit...'

Aan de eind van de pauze Kristoffer kwam langs op de terugweg van de kiosk. Curre werd bang en sprong van de slagboom af en de schok maakte dat ik ook bijna viel. Kristoffer gaf mij een salmiakbal en vertelde dat Hristo tegen iedereen heeft gezegd hij zal mij de eerstvolgende keer verrot schoppen. Halim dacht: 'Laat maar proberen, die kutlui, laat ze komen, ik zal ze compleet nacken. Ik laat ze mijn reet kussen, want I own them all!'

Niets raakte Halim, die op de slagboom bleef zitten terwijl Kristoffer naar de les holde (niets kwam zelfs maar in de buurt).

Curre stond eindje verderop en verstopte zijn knoertgrote lijf achter klein berkje. Hij loerde naar de ramen van Morris' studio en tikte de maat met zijn voet. Misschien hij zong ook een beetje. Maar Morris zag hem zeker, want hij deed de raam dicht. Waarschijnlijk hij is Curres gekheid ook zat. Eerst liet hij

Curre toe in de studio, maar toen hij merkte er verdwenen snoeren en cd's. Curre ging ook een keer op een waardevolle basgitaar zitten (niet expres) en die brak natuurlijk in twee stukken.

IK ZIT AAN mijn bureau met mijn boek en heb nog steeds beetje echo in mijn oren van de klap. Papa heeft alle glas opgeveegd en zit weer in de leunstoel in de huiskamer, doos wijn naast hem op de vloer. Het is irritant, maar hij blijft maar voorlezen uit de boek van Omar Khayyam.

'Moet je horen, Halim, luister eens...'

Vandaag na schooltijd ik ging naar de winkel. Bij Solstrålen Samir zat buiten op een kruk een kruiswoordpuzzel te lezen en de lekke fiets stond op de stoep. De kartonnen bord was beetje gekreukeld. Om de een of andere rare reden ik vond vanbinnen beetje vervelend om die fiets te zien. Alles van waarde was er afgehaald en nu hij stond daar maar als reclamezuil voor winkel vol shittroep, in plaats van over de straten door de rode licht te suizen en remsporen te maken door de grind. Ik hoorde Samir rochelen aan de overkant van de straat en een grote spuugklodder op de stoep laten vallen.

In de winkel papa had de Kinder-eieren uitgepakt die hij met korting had gekocht omdat ze al bijna over de datum heen waren. Hij was nu bezig een nieuwe doos Ralph Lauren piqué truien te prijzen, terwijl Nourdine zat toe te kijken. Ik begreep meteen dat iets gebeurd was, want papa liet Nourdine binnen roken.

'Hoe is het, Nourdine? Hoe ging het?'

Nourdine pulkte aan de moedervlek naast zijn mond en je

kon merken hij nam een aanloop om vervolgens met grote gebaren te gaan laten zien hoe goed het op de toneeltest was gegaan. Kennelijk hij had ieder woord maximaal gebruikt om te bewijzen dat hij ontzettend coole acteur was. Na de test het was paar seconden stil gebleven. Maar daarna iedereen in de hele theater had in de handen geklapt en gejuicht en de regisseur had 'hoera' geroepen. De hele publiek was in tranen uitgevallen en de medespelers hadden hem onmiddellijk met de rol gefeliciteerd. Toen de concurrerende acteurs de gejuich hoorden ze hadden hun script gepakt en waren gauw naar de metro gegaan om aan de vernedering te ontkomen. Zelfs de toneeltechnici waren gaan huilen omdat zijn scène zo vet cool was geweest!

Nourdine zakte terug in zijn stoel en papa keek naar mij.

'En toen?' vroeg ik.

'Ik heb hem toch niet gekregen.'

'Waarom niet?'

'Dat is moeilijk te begrijpen als je nooit bij het toneel hebt gewerkt, Halim.'

'Maar waarom dan niet?'

'Het is gewoon zo. Bijna alles in die wereld draait om contacten. Als je niemand kent, dan... Ze durven nooit risico's te nemen met iemand die ze niet kennen.'

Ik dacht: kut-Zwedo's en kloteracisten, en terwijl papa zijn aanstekers op kleur sorteerde ik probeerde troost te geven.

'Hee, je moet schijt hebben aan die lui! Wat maakt het uit? Het was toch maar een Zweeds stuk. Een Zwedorol in een Zwedostuk. Je zou in dat andere stuk moeten spelen... Hoe heet het? Wat je in Beiroet hebt gespeeld? En later in de hele wereld?'

In Nourdines ogen het was net alsof de lamp weer aanging.

'*Godot. Wachten op Godot.* Je hebt gelijk, dat is pas een stuk. Heb ik verteld hoe wij een toernee door Europa hebben gemaakt? Wist je dat Ingmar Bergman ons in Parijs heeft gezien?

Ja? Heb ik dat verteld? Hij vond het zo mooi dat hij achter het toneel kwam om mij na afloop persoonlijk te bedanken! Echt waar! Bovendien heeft hij een heleboel van ons afgekeken en gebruikt voor zijn opvoering van *Godot* in de koninklijke schouwburg.'

Ik dacht: die Bergman is ook een gemene na-aper, en ook dat de koninklijke schouwburg vette pech had dat Nourdine daar niet op de planken stond. Ondertussen Nourdine was opgestaan, zijn rug was kaarsrecht en hij stond met superharde toneelstem te praten.

'Je hebt helemaal gelijk, Halim! Ik zou op het toneel moeten staan in de rol van Estragon! Dat is tenminste een rol die bij mij past. Luister: "Pale for weariness. Of climbing heaven and gazing on the likes of us."'

Nourdine spreekt vet mooi Engels als een oude adel die thee naar binnen klokt en in een paleis woont. Ik zei dat hij zijn dialect van de toneelschool in Londen nog had en een paar seconden het was net of Nourdines glimlach uit zijn allerdiepste binnenste kwam. Maar opeens hij raakte van slag en ging weer zitten. Het was even stil, maar even later hij vervolgde: 'Nee, Halim, je weet niet hoe het is. Dat kun jij niet begrijpen.'

'Wat niet?'

'Wat er met een mens gebeurt die maand in maand uit, jaar in jaar uit zonder werk zit. Je verschrompelt. Je verrot als een oud stuk fruit. Er blijft niets van je over en dan... dan ga je dood.'

Hij drukte boos zijn sigaret uit in de asbak en papa's ogen keken weer in de mijne. Allebei wij dachten hetzelfde: dat zij er niet meer was, en ik weet het nog maar ik wil niet, en niemand zei nog iets.

's Avonds papa bracht twee nieuwe piqué shirts mee naar huis: een large en een medium. Als je niet heel goed kijkt je ziet niet dat de ruiter op de logo in spiegelbeeld zit en dan de shirt lijkt net echt. Het is raar dat papa nog steeds medium meebrengt, terwijl large toch ook al strak zit met al mijn spieren.

Toen ik met de shirt aan weer in de keuken kwam ik vond voor het eerst dat papa beetje ziekelijk uitzag. Hij stond bij de aanrecht, eerst op zijn tenen om bij nieuwe fles olijfolie te kunnen en later met zijn bril op zijn voorhoofd om iets op de etiket van de fles te lezen. De waterdamp wolkte boven de fornuis en zijn T-shirt hing in plooien over zijn schouders en zijn groene trainingsbroek zat slobberig. Op de T-shirt stond 'Just another source of inspiration' en de J en de C waren rood (het is reclame voor JC).

'Hij heeft een levendige fantasie, die Nourdine', papa zei.

Maar ik hoorde niet zo goed, want in mijn hoofd ik verwisselde de beeld met die van papa in tegenlicht als hij net klaar is met spreken en nog naar de publiek gewend staat. Op de hele plein ze staan dicht op elkaar gepakt te applaudisseren en te roepen: 'Bush Bush moordenaar, Bush Bush moordenaar!' en de spandoeken en de Palestijnse vlaggen zwaaien heen en weer. Papa staat op zijn tenen en strekt zich over de balustrade en moedigt de publiek aan en klapt de maat, terwijl mama zit ernaast in de rolstoel en de zon schijnt maximaal over de hele Sergels Torg en mama kan haar hijab nog zelf goed doen, maar ze kan alleen in de begin een paar keer klappen. Daarna haar spieren zijn op. En Halim kijkt naar papa, die misschien wel de machtigste handen van de wereld heeft, want niemand klapt even hard en even lang. Ik denk: het lijkt op onweer op zonnige dag of op een superharde tamtam en ik probeer hem na te doen en klap tot mijn handpalmen gloeien en rood en pijnlijk zijn, maar papa merkt het niet eens, hij gaat maar door, KLAP KLAP, Bush Bush, KLAP KLAP, moordenaar. Mijn handen zijn gewoon te klein voor een klapwedstrijd.

Aan tafel papa dronk wijn en om zeven uur hij ging in de leunstoel zitten. Na *Jeopardy* hij begon Khayyam-citaten te lezen en ik wist het zou een lange avond worden. Papa las over sterrenhemels en dat je meer wijn zou moeten drinken en zou moeten dromen in plaats van verdrietig zijn. Onder al die tijd ik lag op mijn bed met mijn natuurkundeboek als kussen.

Uit de leunstoel er klonk gekraak en ik wist precies hoe papa was gaan staan met wiebelige benen en met zijn lippen droog en gebarsten en met zijn bril op de punt van zijn neus. Hij praatte met lange klinkers over wijn is eeuwig leven en over de prachtige geluk van de jeugd.

Altijd die stomme Omar. Ik weet nog vroeger papa las andere boeken. In onze oude flat er waren grote stapels boeken en mama verliest wel eens haar geduld en dat is niet zo vreemd, want ze liggen ook in de klerenkast en in plastic tassen op zolder en op de balkon en zo af en toe mama ontploft en papa moet van haar naar de rommelmarkt om te verkopen, want ze zegt: 'We hebben geen plaats meer.' En als papa net weg is ze zegt tegen mij: 'Otman denkt dat je van boeken kunt leven, daarom is hij zo mager.' Later papa komt thuis en in de hal we botsen bijna op elkaar en natuurlijk ik hoef niet 'walla' te zeggen of mijn erewoord te geven dat ik niet zal verklikken dat papa nieuwe gekochte boeken op de kapstok verstopt. Mama snapt helemaal niet waarom Halim en papa allebei in verschillende kamers beginnen te lachen als zij zegt: 'Wat heerlijk dat er eindelijk meer plaats is.'

Plotseling de flat dendert van een enorme klap. Het was ongeveer als de geluid van een glasbak die geleegd wordt. Daarna het werd volkomen stil. Papa en ik wij holden tegelijk naar de keuken en naar de geluid van de klap. Op de vloer er lagen allemaal glinsterende korreltjes van de plafondlamp die helemaal verbrijzeld was. Het was vreemd donker in de keuken en alleen aan een kapot stuk zwart plastic je kon zien dat er daarnet nog een lampballon aan de haakje aan de plafond had gehangen. Papa zei dat hij niet verrast was.

'Die lamp was te zwaar voor de houder. Dat zei ik al tegen Mustafa toen we hem kochten, dat die lamp te zwaar was voor zo'n klein stukje plastic. Nou ja, er is verder niks kapot.'

Toch ik kon niet ophouden met denken aan de lamp die daar jaar in jaar uit ontzettend zijn best hing te doen tot hij het op een dag opgaf en in miljoenen glasgruzels veranderde. Papa zei dat het niet gaf en hij zong een beetje terwijl hij stoffer en blik uit de bezemkast pakte.

Nu hij zit weer in de leunstoel en in plaats van Khayyam er klinkt geluid van paardenraces uit de tv.

VANDAAG OP WEG naar school ik keek de *Metro* door en mijn oog viel op klein artikel die aantoonde dat Dalanda gelijk had met de Integratieplan waar ze het over had. Tussen onderzoek naar veganisme en advertentie van Twilfit de journalisten probeerden de nieuws te smokkelen dat diverse woningbouwverenigingen hebben gedreigd alle allochtonen die schotelantennes op hun balkons hebben op straat te zetten! Onder andere de Zweedse Woningstichting en Drott hebben dreigbrieven gestuurd. De allochtonen hebben tegenorganisaties gestart en ze hebben gedemonstreerd op Sergels Torg, want ze waren natuurlijk geen slappelingen die het wel oké vonden dat de woningbouwverenigingen voor racist speelden. In dezelfde krant stond reportage die zei dat de politie harder zou gaan optreden tegen snorders. Dat is natuurlijk ook een aanval op ons allochtonen, want wie heeft ooit een Zwedo achter de stuur van een illegale taxi gezien? Terwijl ik heleboel nieuwe wc's in sloop om de wanden en spiegels vol sterren en manen te tekenen ik zwoer dat ik voor altijd tegen de verzweedsing zou zijn. Ik zal nooit hun rotte haring eten met glaasje brandewijn in de Openluchtmuseum of klompendansje maken rondom die stomme meiboom op hun midzomerfeest. Ik zal nooit de politici Buffalo's of strakke truitjes laten verbieden of hairwax duurder laten maken. Toen Dalanda het vertelde geloofde ik haar wel, maar toch ik wist niet dat de tekenen zo duidelijk waren.

In de kantine ik ging zoals gewoonlijk aan eigen tafel zitten, vooral om te filosoferen. Ik had beetje weinig eetlust en hoofdpijn van de damp van de viltstift. Even later Mårten zette zijn dienblad tegenover mij en vroeg of ik jus d'orange wilde. Terwijl hij die haalde ik dacht: Mårten heeft wel scheef thuisgeknipt kapsel en hij hangt altijd met stomme meiden rond, maar toch hij is eigenlijk best relaxed. Hij is een verdwaalde Pool met een wenkbrauwpiercing en hij houdt van merken als Depeche Mode, daarom ik voelde dat hij superhard nodig had om alles over de Integratieplan te leren.

Toen hij met twee glazen jus terugkwam ik stak hem de *Metro* toe en zei dat hij de artikelen moest lezen. Hij las en je kon zien dat hij onder de indruk was. Ik wilde net over de Integratieplan beginnen toen hij naar de ingang van de kantine keek en een gezicht trok als een kleine jongen.

'Zeg… Ik moet ervandoor', hij mompelde en hij liep met zijn dienblad naar andere tafel. Ik snapte wat aan de hand was. Hristo had tien gasten bij elkaar gehaald en ook Sebastian en Angelo van zijn oude klas waren meegekomen. Ze gingen in een kring om mij heen zitten, ik zag dat sommigen hadden buttons van Hammarby op hun jacks. Hristo zei tevreden: 'Nou ben je niet meer zo stoer hè?'

Er gingen weer paar seconden voorbij voordat hij goede manier verzon om te beginnen.

'Leuk petje. Raiders-fan zeker? Vuile homohoer.'

Hij schraapte een rochel uit zijn keel en zou net mijn pet pakken toen ik een uitval deed, zijn hand in de aardappelpuree duwde en een stuk knäckebröd naar Sebastian gooide. Ik dacht: gaat bijna lukken. Maar toen Angelo kwam van achteren en kreeg me in politiegreep.

'Naar buiten met hem', Hristo riep en hij veegde de puree aan mijn trui af. 'Breng die lul naar buiten.'

Al mijn benen en armen werden in stalen greep gevangen, ze

waren met meer dan ik dacht, een paar lui uit de achtste klas, die aan de tafel naast de mijne zaten, hielpen ook mee en Steve en Samuel en Anders misschien ook wel. Iemand riep: 'Sla 'm in elkaar, die klerelijer!'

Ze brachten me naar de gang, maar ik bood de hele tijd felle verzet, ik spartelde en riep dat ze me moesten loslaten, anders ze zouden er spijt van krijgen. Een kantinedame zag alles maar stak geen vingertje uit en alles was net als vroeger in de zevende. Buiten de kantine ik werd bijna beetje bang, want ze waren met zoveel en leken in voor een total fajt. Daarom ik schreeuwde nog bozer dat ze moesten ophouden, want anders ik zou kwaad worden.

'Naar de wc', Hristo antwoordde. 'Naar de wc.'

De megadroge lucht en mijn dreigende geschreeuw maakten hen helemaal niet bang, leek het. Maar opeens iedereen bleef staan, want wie kwam daar uit de wc met schoonmaakmiddel en emmer en dweil: Alex. Hij bleef stokstijf staan en zijn adamsbal rolde op en neer, het leek wel een lift.

'Naar het schoolplein!' Hristo riep voordat Alex iets zei. 'Naar het schoolplein!'

Maar wie heeft geprobeerd een Halim de trap af te dragen, die weet dat wordt algauw zwaar (alleen al door de spieren). De gedachtesultan grijpt iedere kans, spartelt, spuugt en net als je hem door de buitendeur wil slepen zijn rechterbeen komt los. Twee zware trappen tegen je borstkas, één voet op de grond, één arm los en je krijgt een verschrikkelijke klap op je bek.

Ik kwam op mijn hurken neer, zwiepte tegen Sebastian aan, kopte een achtsteklasser tegen zijn lip en racete fullspeed de schoolplein af. Mijn gezicht bonkte en in de spiegel van de lift ik zag twee kleine tandafdrukken boven mijn wenkbrauw. De *Metro*-krant ik moet ergens in de gevecht hebben laten vallen.

Al paar keer we hebben gezegd we nemen de auto en gaan terug. Maar iedere keer papa zag weer vanaf omdat hij net die weekend extra moest werken, misschien de magazijn schoonmaken of de kassa repareren of de toonbank verven. Maar vandaag eindelijk het was zover, want papa vond ik had gelijk toen ik zei: de goedkoopste plafondlampen van de stad liggen op de rommelmarkt van Skärholmen.

Na de ontbijt ik jutte papa op en we kwamen vijf minuten te vroeg bij Nourdines pension. Toch Nourdine stond al klaar op de stoep met een grijs jasje over zijn schouder en zijn haar zorgvuldig over zijn kale hoofd gekamd. De shitdeur gaf beetje problemen, dus hij maakte de portier aan de passagierskant open. Hij ging helemaal schaterend op de voorbank zitten en ik dacht: mooi, hij heeft het ook begrepen.

Op de Västerbrug de zon scheen fel en de rare gebrom van de motor hield op. Ik zat in het midden en schoof de cassette van Oum Kalsoum in de speler. Nourdine zong mee, hij playbackte in zijn rode pakje Marlboro en wuifde geestdriftig naar een paar blonde chicks in een Audi. Hij draaide de raampje naar beneden en riep: 'Hup meisjes, hup meisjes.'

Papa zat met een rechte rug aan de stuur, dat er beetje groot uitzag, en hij lachte hard om alle grappen van Nourdine. Ik dacht paar keer: zo is het goed, zo moet het zijn, eindelijk ze hebben begrepen dat we op de goede weg zijn. Wij zitten hier in onze roestige rammelbak en tegelijkertijd wij hebben schijt aan hun Hammarby en wij pissen op hun Götgatan en wij dissen hun Audi's. Stoppen jullie alles hier in Söder maar in je reet!

Toen we in het centrum van Skärholmen parkeerden het was bijna halftien en bij de ingang van de rommelmarkt het was een grote chaos. Wij liepen de rij voorbij en hoefden geen tien kronen entree te betalen, want papa verklaarde dat wij naaste familie waren van de Irakezen die altijd kraam 345 huren.

Binnen wij splitsten ons en begonnen de kramen af te gaan. Papa wilde nieuwe keukenlamp vinden en Nourdine zocht nieuwe mobiel. Ik zocht ideeën voor verjaardagscadeau voor papa. Bij de tv- en videohoek ik kreeg geniale inval: natuurlijk, een schotelantenne, die hoeft niet te duur te zijn als hij maar niet te lang geleden gestolen is. Helaas de gast achter de kassa zei dat ze geen nieuwe schotels hadden binnengekregen, plus dat als ze binnenkwamen ze werden direct weer verkocht. Hij tipte me over een elektronicazaak in Söder vlak bij de Åsö-school, waar een vriend van zijn oom een schotel had gevonden. Ik kende die zaak, want ik heb daar mijn Super Nintendo gekocht, lang geleden, ergens in de zevende.

Op de terugweg, vlak bij de Indiërs met hun illegale filmkopieën, ik kwam langs kraam 345, waar Majid zelf de kassa stond te bewaken. Op de tafel ze verkochten een deegroller, aangebrande pannetjes, zakjes lego plus een oude film van Dr. Snuggles. Majid probeerde met klein schroevendraaiertje een koffer vol krassen open te peuteren.

'Halim! Kijk even rond, alleen kijken niet kopen. Een koffer? Een nieuwe stofzuigerslang?'

Hij is misschien al wel negentig of zo en beetje seniel en zit in rolstoel, maar hij heeft heldere ogen en goed verkooppraatje. Ik zou net doorlopen toen ik de rode fezmuts zag die op een tulband leek en beetje verstopt lag onder een doos speelgoedsoldaten. De stof van de muts was superzachte fluweel en de merk was Jasmine (net als die chick in *Aladdin*). Majid keek op en gaf geroutineerd verkooppraatje.

‘Dat is een echt pareltje. Nooit gedragen, zoals je ziet. Splinternieuw. Voor jou dertig kronen, vriend. Alleen voor jou.’

Ik dong af tot tien kronen en ging hem trots aan de anderen laten zien. Papa had belangstelling voor een keukenlamp met kristallen kapjes en uit de verte ik zag hoe hij te werk ging. Niemand komt nog van hem af als papa eenmaal besluit heeft genomen. Vooral Zwedogezinnen niet, die misschien wel voor de eerste keer een kraam op de rommelmarkt hebben gehuurd. (Weekendtoeristen, zoals Dalanda die noemt.)

Ik zag papa’s voorbereiding en dacht: soms papa is weer net als vroeger. Hij lacht honend om de eerste prijs. Hij wijst op alle honderd dingen die fout zijn aan de lamp en natuurlijk hij slaat geen krasje of vuiltje over. Dan zomaar middenin hij stopt plotseling en noemt ook de nieuwe prijs een aanfluiting. Hij loopt van de kraam weg en roept dat de Zwedo’s de verschil moeten begrijpen tussen een vlooienmarkt en een ziek warenhuis (hij zegt altijd ‘ziek warenhuis’ in plaats van ‘chique warenhuis’). Als ze hem terugwenken hij doet altijd een paar seconden extra of hij doof is, een paar stappen extra. Dan hij keert om en geeft zijn eerste en laatste prijs. Zelfs als hij zijn bundeltje bankbiljetten tevoorschijn haalt, waar de briefjes van twintig binnenin verstopt zitten, dan nog ze hebben niet door dat ze bedrogen zijn.

Later papa en ik aten een broodje kebab met aardappelpuree in de cafetaria bij de uitgang. Intussen checkten we Nourdine die probeerde af te dingen op een Nokia bij een Joegoverkoper. Bij Joego’s moet je andere strategie gebruiken, want op hun meegevoel spelen heeft geen zin. Ik liet papa mijn rode afgedongen feztulband zien en als antwoord hij begon beetje als een sportcommentator over Nourdines manier van afdingen te praten.

'Ai ai, nu maakt hij een misser – je moet nooit zo lang naar één model blijven kijken. Je moet veel ongeïnteresseerder doen.'

Nourdine vergeleek verschillende modellen, neuriede toen hij zag dat de serienummers waren weggekrast en gaf zijn eerste prijs. 'Veel te vroeg', papa zei. 'Nu zit hij eraan vast.'

Ondertussen Nourdine schreef beetje nonchalant nieuwe prijsvoorstellen op een blocnote en de Joego antwoordde met eigen cijfers. Alletwee ze bekeken elkaars voorstellen met valse glimlachjes en je kon zo zien dat de voorstellen veel te hoog/laag waren om zelfs maar serieus te worden genomen. Na een poosje Nourdine kwam op dreef, hij gebruikte woeste gebaren en opgestoken wijsvinger. De verkoper rukte de telefoon uit Nourdines handen en legde hem terug onder de toonbank.

'Nourdine is een goed toneelspeler', zei papa. 'Maar een slecht koopman. Bijna nog slechter dan Samir.'

Nourdine bleef staan en na ongeveer tien minuten ze namen een rustpauze. Nourdine bood de Joego een sigaret aan en ze gaven allebei commentaar op de Engelse voetbalwedstrijd die bij de meubelverkoper aan stond. Na de sigaret ze keerden terug tot nog hardere woordenstrijd en ten slotte de gevecht eindigde ermee dat Nourdine de telefoon mocht kopen. (Maar zowel de Joego als Nourdine zeiden heleboel keer dat ze vet ontevreden waren.)

Terug in de auto Nourdine probeerde de telefoon uit met papa's simkaart en ontdekte toen dat de display loszat. Je kon wel bellen en opnemen en al die dingen, maar sms-jes schrijven en nieuwe nummers in de adresboek noteren ging moeilijker. De hele ene kant van de schermpje was vaag en als je de mobiel aanzette je zag alleen een linker Nokia-hand in plaats van twee handen die naar elkaar uitgestoken waren. De tweede hand was alleen beetje stipjes en vlekkerig. Papa probeerde te troosten, hij zei dat de telefoon het in ieder geval wel deed.

'Wat maakt het nou eigenlijk uit? Het is alleen dat schermpje maar. Zolang het ding het doet, nou ja… Het is trouwens wel een beetje symbolisch, dat met die ene hand. Ja toch, Nourdine, vind je ook niet? Als je bedenkt waar dat plaatje vandaan komt. Wij steken onze hand uit en… ja…'

Ik begreep het niet helemaal, maar papa keek of hij een ontzettend leuke mop had verteld. Om nog meer te troosten ik zei: 'Ja, en mensen die hun buren verkrachten en vermoorden kun je nu eenmaal niet vertrouwen.'

Papa en Nourdine zeiden allebei niets meer en keken elkaar aan. Ik zag dat papa's kaken stijf dicht zaten.

'Wat zei je, Halim?'

'Nou, dat je nooit moet vertrouwen op…'

'Waar heb je dat eigenlijk gehoord?'

'Wat?'

'Zegt Dalanda dat soort dingen soms tegen je? Ik heb toch gezegd dat je niet met dat dwaze ouwe wijf moet praten.'

Papa is heleboel jaren en dagen niet geïrriteerd geweest, en deze keer het kwam totaal onverwacht. Ik wist niet wat ik moest zeggen. Trouwens, nu ik erover nadenk ik herinner me dat papa eigenlijk nog veel lelijker Arabisch woord gebruikte dan 'wijf'.

Papa gaf plankgas en we verlieten de parkeerplaats haastig. Op de uitvalsweg papa zei dat Dalanda een fundamentalistische gek was. Zelf ik voelde niet voor discussies in de auto, vooral niet waar Nourdine bij was. In plaats daarvan ik probeerde goede bandjes te vinden in de dashboardkastje. Maar zodra ik de cassette van Fairouz in de speler had geduwd papa drukte op eject en zette Vinyl 107 aan. Ik liet hem. Nourdine wilde papa beetje vrolijker maken door de beltonen van de mobieltje uit te testen. Dat lukte niet zo goed.

Papa reed sneller dan anders en bij Bredäng we hadden bijna een botsing toen we inhaalden. Papa toeterde zo hard dat hij de Poolse caravan bijna van de weg joeg.

VANMORGEN IK VOND nieuw artikel dat weer bewijst dat de Integratieplan in volle gang is. Terwijl de Zwedopolitici geen werkvergunningen geven om zo te voorkomen dat er nog meer moskeeën komen, koningin Sylvia zegt dat ze vindt dat Palestijnse moeders hun kinderen niet meer moeten gebruiken om stenen naar Israëlische soldaten te gooien. Alles hangt samen en zij die niet zien zijn blind als vleermuizen (Halim is de blindengeleidehond).

Miljoenentekort bij bouw droommoskee

De bouw van een moskee in Botkyrka, even buiten Stockholm, ligt stil. De fundering is gelegd en een deel van het gebouw is neergezet, maar nu is het geld op. De Turks-Islamitische Cultuurvereniging, die het gebouw heeft aanbesteed, is de aannemer bijna vier miljoen kronen schuldig. De uiteindelijke kosten voor de moskee zullen volgens deze wel 25 miljoen kronen kunnen belopen. Oorspronkelijk was het plan dat een Turkse firma de moskee zou bouwen. De Turkse arbeiders kregen echter geen werkvergunning in Zweden en de opdracht ging naar een aanzienlijk duurdere Zweedse onderneming. De Turks-Islamitische Cultuurvereniging doet nu een beroep op de gemeenteleden om geld te schenken, zodat de moskee kan worden afgebouwd.

Lang ik stond voor de spiegel te kiezen tussen mijn gewone pet en de nieuwe tulbandfez. Met de fez ik gaf meer machtig beeld dan ooit. Dat werd nog veel beter toen ik in de zon naar school liep en voelde hoe zacht en glad de rode stof over mijn voorhoofd lag.

De eerste les ik zou alleen zijn met Alex, want hij zou extra praten over de uitroeiing van de joden. Waarschijnlijk Sonja zag dat ik me niet had laten misleiden door de documentaire en bijna alleen maar stukjes gum had opgestapeld om Kristoffer mee aan te vallen. Alex begon met een pauze, want er klonk een signaal uit de luidsprekers en de stem van de rectrix galmde. Ze zei dat er een eind moest komen aan de vandalisme op de toiletten en onder andere ze zouden nu bij wijze van straf stoppen met zeep te verstrekken op de wc's.

'Toiletzeep is kennelijk een luxe geworden waarvan misbruik wordt gemaakt.'

Alex keek naar mij en als antwoord ik wreef mij zorgvuldig in mijn oog met mijn middenvinger. Hij merkte natuurlijk niet dat ik hem diste.

Toen Alex begon over die zes miljoen die gedood zijn en de gaskamers en de verbrandingsovens en de goederentreinen. Hij liet overheads zien met foto's van vrouwen en kinderen en grote kamers met uitgeslagen gouden kiezen en bergen opgespaard haar. Maar hij kwam te laat, want Dalanda heeft al verteld dat de meeste cijfers zijn beetje overdreven en worden vooral gebruikt als propaganda voor Israël. Plus het zijn niet alleen joden die doodgegaan zijn, maar ook heleboel Polen, zigeuners en homo's. En iedereen die de waarheid zegt, wordt gearresteerd en opgesloten, zoals Ahmed Rami. Alex kon me natuurlijk niet voor de gek houden en ik liet zelfs de beelden van de massagraven niet te dichtbij komen. In plaats daarvan ik drukte de mute-knop in en deed in gedachte uitvallen naar de politici die de moskeebouw in Botkyrka hebben stilgelegd. Aan de eind van de les Alex zei dat hij voortaan extra op mij ging letten.

'Denk niet dat je ergens onderuit komt. Kristoffer loopt zijn eigen race en jij moet de jouwe lopen. Je moet voorkomen dat hij jouw cijfers omlaaghaalt. Oké? De rest van het semester gaan we hard aan het werk en deze keer gaat het lukken, dat voel ik gewoon. Jij gaat voor al je basisvakken een voldoende halen, mits je maar doorschakelt naar een tandje meer. Het klinkt een beetje als "make me proud", dat weet ik, maar echt, ik meen het. Beloof je dat je je best zult doen?'

Ik knikte, want dan ik kon tenminste de speciale lokaal uit met de akelige groene wanden en de banken die Sebastian en Hristo vorig jaar hebben beklad. Vlak voordat ik de gang in liep, Alex riep: 'Zeg, trouwens, leuke muts heb je op!'

Hij was jaloers op mijn Babylonische roots, natuurlijk. Beetje net als Kristoffer, die zijn jaloezie moest camoufleren door te vragen of ik op weg naar school een ouwe vrouw had beroofd. Hij zag dat de meisjes met warmere blikken naar mij keken en daarom dus hij zei dat mijn muts een ouwevrouwenmuts was en dat zijn oma net zo'n muts heeft, maar dan een blauwe. Ik liet zien dat ik boven hem stond, lachte dezelfde glimlach als Hassan II en liep gewoon door, geen ruzie, niks.

Na school ik deed de muts toch maar af, want mijn haar was vet zweterig geworden en de parfumlucht van de vorige eigenaar was besmettelijk. (Het was natuurlijk gelogen toen Majid zei dat die muts nooit gedragen was.) Ik ging naar de bank, nam de geld van mijn vakantiebaantje op en ging verder naar Medborgarplatsen. De winkel is van een paar Russen en hij staat vol pas gestolen spullen, alleen ze zeggen dat tegen niemand en iedereen denkt het zijn gewoon goedkope tweedehands spullen. Die Russen hebben inmiddels ook een nieuw alarmsysteem geïnstalleerd om de winkel legaler te laten lijken. Toch je zag dat sommige video's weggekraste markeringen hadden en op een computerscherm in de hoek er stond nog 'Eigendom van het Bromma Gymnasium' met onregelmatige letters. Behalve de meisje achter de kassa de enigen in de winkel waren ik en een Zwedovader met twee kinderen.

Meteen toen ik binnenkwam ik voelde dat de meisje bij de kassa mij afcheckte. Ze zag beetje hoerig uit met een gezichtswrat op haar kin en phat dikke rode lippen. Algauw ze pakte de telefoon en ik ben niet gek, dus ik snapte best wat er gebeurde. Ongeveer een halve minuut later de po po dook op in de vorm van ingehuurde bewaker van de beveiligingsbedrijf. Hij groette en begon met strakgespannen spieren rond te lopen en Bonanza te spelen.

Maar deze keer Halim slaagde erin rustig te blijven. Schijt aan die kutbewaker, schijt aan die blikken, je bent hier om een schotelantenne te kopen, zoek de goedkoopste, neem mee naar de kassa en flash daar met je bankbiljetten, zodat ze kunnen zien met wie ze te doen hebben: niet met een gangsta maar met de revolutiemocro.

Ik vond verschillende schotels en deed lang over om te kiezen. Ten slotte ik nam de goedkoopste (ik wist dat die de enige was die ik kon betalen). Hij was mooi en niet zo erg versleten, alleen beetje blauwe verfvlekken op de snoer en de stekker. Ik keek nog even naar verlengsnoeren en daarna ik drong langs de Zwedovader en de twee kinderen.

Bij de kassa ik rook de geur van overwinning. De bitch achter de kassa was verbaasd en de bewaker wist niet waar hij moest kijken toen ik op superieure Zwedotoon zei: 'Inpakken graag.'

Nu de meisje werd supervriendelijk, haalde een bruine doos waar videobanden in hadden gezeten uit de magazijn en maakte een prachtige pak met gekrulde lintjes. Toen ze alles in grote zak had gestopt ze glimlachte vriendelijk en zelfs ze wenste nog prettige middag. Dat gaf allemaal goed gevoel en op weg naar buiten ik had bijna beetje spijt. Maar opeens ik zag de bewaker nog steeds in de loer staan bij de deur. Toen ik kreeg spijt van spijt, stapte over de drempel en ging rustig op de fietsenrek aan overkant van de straat zitten. Die bewaker helemaal teleurgesteld natuurlijk, hij liep met de staart midden tussen zijn benen naar de ringweg.

Vlak daarna de Zwedovader kwam met vet grote tas de winkel uit zetten. De kindertjes holden vooruit, maar bleven bang staan toen de alarm begon te piepen. De bewaker kwam terughollen en de Zwedovader had knalrood gezicht toen hij een paar keer door de alarmpoortje liep en de gepiep iedere keer weer begon. Het duurde misschien vijf minuten, maar uiteindelijk ze vonden de prijskaartje met de metalen stripje in de jaszak van de Zwedovader. De vader gaf zijn kinderen een standje, maar die begrepen er niets van, terwijl Halim naar de metro liep. Soms je kon zien hoe Halim zijn hand in zijn zak stopte om aan de extra antennesnoer te voelen die daar lag, in plastic verpakking zonder alarmprijskaartje, en dan kon je hem gelukkig zien lachen.

De dagen zijn langzaam gegaan en het is vet moeilijk geweest om te wachten. Een paar keer ik heb de klerenkast opengemaakt om even aan de pak te voelen en te denken: straks, straks. Vandaag het was eindelijk zover. De avond begon toen Nourdine de schort aantrok en de fornuis volzette met heleboel pannen. Het pruttelde tot de ruiten van de keuken besloegen, papa schonk beetje whisky in, knabbelde pinda's en bijna ik won met schaken doordat ik als verdediging echt hele mooie rokade maakte. De lucht was gebakken halloumi en rode kruiden en versgebakken pitabroodjes. Nourdine deed de pannenlapwant uit en hij proefde de yoghurtsaus met een houten lepel: *'Oh boy, dit is het lekkerste eten dat ik ooit heb meegemaakt'*, zei hij met zijn Baloe-stem en hij liet ons ook proeven.

Papa begon over beroemde WK-wedstrijd tussen twee Russen in de jaren tachtig.

'Als ik me goed herinner was het Kasparov. Hij had precies uitgezocht wat de zwakheden van zijn tegenstander waren. En toevallig had hij gehoord dat die... dat was trouwens een Amerikaan, geloof ik. Helemaal zeker weet ik het niet, of het een Amerikaan was of een Rus... Hoe dan ook, hij kwam erachter dat zijn tegenstander allergisch was. Heel erg allergisch voor... katten.'

Om de effect te verhogen papa liet de stilte rustig liggen

terwijl hij zijn slok rondspoelde en op nootjes kauwde.

'De dag van de wedstrijd nadert. De tegenstander heeft ook een zware training achter de rug en voelt zich waarschijnlijk helemaal klaar voor het gevecht tegen de grote kampioen Kasparov. Maar...'

De hele verhaal werd verstoord door de deurbel. Papa ging met afgewend gezicht naar de hal. Uit de hal klonk geritsel en gegiechel en een schorre vrouwenstem die zei: 'We zijn toch niet te vroeg, hoop ik?' en papa die zei: *'Nee maar... Nee, nee. Nee. Kom erin, kom erin. Ontzettend welkom! O, allebei even mooi. Zerafina! Nieuwe vlechtjes! Heb je dat zelf gedaan? Wat een mooie, schattige vlechtjes!'*

'Toe, geef eens antwoord, lieverd. Ze is altijd eventjes verlegen in het begin, hè. Die vlechtjes heb ik gemaakt. Ja, schattig, hè?'

'Nou. Mooie vlechtjes, echt heel mooi. Zerafina met prachtige vlechtjes.'

Papa kwam de kamer binnen met een knetterlelijke grote bos bloemen en achter hem Kerstin kwam binnenwaggelen als een mengeling van varken en eend. Ze had haar haar laten knippen in een kort Kuifje-model met paar rode sprietjes en echt, dat maakte haar nog lelijker dan anders. Om haar nek ze droeg een bruin houten standbeeld dat tussen haar meloentieten naar voren hing te kijken.

'Hallo Halim', ze wuifde en ze gaf Nourdine een kus op zijn wang. Ook Nourdine leek klein naast haar.

'Hallo Kerstin', ik antwoordde zonder ook maar een lachje.

'Da's lang geleden hè? Wat maken jullie hier voor lekkers klaar? Nou? Hmmm... dat ziet er verrukkelijk uit. Hier, dit is voor jullie.'

Uit haar tas ze haalde wijnfles tevoorschijn en je zag meteen het was slechte kwaliteit, want ze hadden niet eens de kippengaas van de buitenkant afgehaald. Zerafina kwam beetje later binnen. Ze liep vlak langs de vriezer en de koelkast en keek beetje bang naar Nourdines uitgestoken hand.

'Even goeiedag zeggen, Zerafina. Zeg eens netjes goeiedag.'

De kraaltjes aan de uiteinden van haar vlechten waren rood, met een paar gele en groene. Vreemd eigenlijk, alle witte vrouwen van negers dragen losse wijde kleren en grote Afrikakettingen en ze zien eruit als bleekvette varkens, en toch ze krijgen kinderen die er het schattigst uitzien van de hele stad. Zerafina ging op de stoel naast mij zitten en ik moest haar beetje helpen om erop te komen.

'Vertel verder over Kasparov', ik zei in het Arabisch tegen papa.

Papa's gedachten waren afgedwaald en vlug hij zei met Zweedse stem: *'Truikat. Hij droeg een trui met een grote kat midden op zijn buik. Glaasje whisky, Kerstin? Even een borreltje voor het eten?'*

Ik had veel betere clou verwacht. Zelfs Nourdine lachte niet.

Als voorgerecht er waren bulgurpirogs met vulling van rundergehakt en halloumi-salade. Daarna Nourdine serveerde prachtige abolit-djadj-schotel met gebakken stukjes kip op een zacht bedje van rozijnen, groenten en noten. Het water kwam in mijn mond en ik at tot ik bijna stikte. Nourdine keek trots toen iedereen zei dat het lekker was, maar je merkte dat hij leuker zou hebben gevonden als Kerstin zich niet had opgedrongen. Sinds papa en zij elkaar afgelopen zomer met beetje toeval tegenkwamen in de bibliotheek op Medborgarplatsen zij denkt blijkbaar dat zij een van ons is en beste vriendin wordt.

Aan tafel ze praatte de hele tijd. Ze zei dat ze kamers verhuurde aan toeristen en wel eens vluchtelingen verborgen hield en aan nieuwe artikel over feminisme werkte en nog heleboel andere oninteressante dingen. Papa keek met grote ogen en zei hele tijd: *'Mm, mm, mm, mm'*, net als in de reclame voor Marabou-chocola.

Vooral om haar te onderbreken ik rook aan papa's wijnglas

en zei in het Zweeds: 'Bah, wat een vieze wijn! Zulke wijn zou mama nooit drinken. Nee toch, papa?'

Kerstin holde zorgvuldig een pitabroodje uit en papa schraapte zijn keel. Nourdine stelde vlug voor dat we de verjaarscadeautjes zouden geven. Ik ruimde af en gaf Nourdine de doosje met tandenstokers, terwijl Kerstin Zerafina's wang streelde en zei: 'Ben je zo moe, lieverd?' (Ze was bij haar moeder op schoot gekropen en zoog op haar duim.)

Papa maakte Kerstins pakje eerst open en daarin zat een boek van iemand die Edward heette. Maar hij was blijkbaar toch een Arabier, want zijn achternaam was Said. Papa deed blij, maar je zag dat hij eigenlijk iets leukers had verwacht. In Nourdines pakje er zat een portefeuille van bruin leer en papa legde zijn arm om Nourdine heen om te bedanken. Ik ging mijn pak uit mijn kamer halen en toen papa zag hoe groot het was hij lachte met zijn hele gezicht. Hij schudde het voorzichtig.

'Is het een... Rolex? Of een Porsche Carrera?'

Ik dacht: papa is toch niet zo oud. Zijn snor wiebelde als een bootje van boombast op een rivier en je kon de hele tijd zien dat hij bijna heel erg moest lachen.

'Of... een... een jacuzzi?'

Papa rook aan de pak en legde zijn oor tegen de doos alsof hij dacht dat er een bom in zat.

'Haha, mij hou je niet voor de gek. Nu weet ik het... een pony?'

Nourdine lachte hard als een echte acteur, maar ik begon genoeg te krijgen van de spelletje.

'Nee, maak nou maar open.'

Papa trok de touw los, scheurde de plakband af en maakte de doos open. Toen de schotel op tafel stond Nourdine floot alsof hij heel mooie meisje langs de raam had zien vliegen.

'Ja, maar, Halim. Dit... dit is veel te duur', papa zei.

'Wat is het?' Zerafina vroeg wuivend met glinsterende duim.

'Kijk! Hier kunnen we alles mee ontvangen! Marokko, Algerije, Libanon...'

'Hoeveel heb je hiervoor betaald?'

'Mama, wat is dat voor een ding?'

'Een schotelantenne. Voor de tv.'

'...Libië, Qatar, Saoedi-Arabië...'

Trots ik wees, maar het leek of papa niet luisterde. Nourdine zei paar keer dat het echt een fantastisch cadeau was en Kerstin keek bezorgd naar haar boek en voelde zich phat buitenspel gezet, dat was duidelijk. Ondertussen papa bekeek de schotel van alle kanten en zocht met zijn vingers naar de prijskaartje.

'Ik heb ook nog een verlengsnoer gekocht, voor de antenneaansluiting.'

'Maar eh... kun je niet beter... nou ja... Hoeveel heb je ervoor betaald? Mag je hem nog terugbrengen?'

Het was wel een duur cadeau, maar ik zag dat papa diep vanbinnen ontzettend blij was. Later op de avond Nourdine en papa en Kerstin gingen weg om nog meer verjaardag te vieren, terwijl ik en Zerafina tekenfilms keken op de video. Ze zat met een knuffellapje bij mij op schoot op haar duim te zuigen en ik denk het kwam door de warmte en het zuiggeluid dat mijn pik stijf werd. Als ik nou pedo was ik zou wel wat geprobeerd hebben, maar gelukkig ik ben gezond en nam genoegen met snel even aftrekken op de wc.

Toen ik bij de bank terugkwam Zerafina lag bijna in slaap op de leuning. Ik besloot dat ik haar wat over de allochtonenvraagstuk zou leren, want het is vast niet makkelijk als je vader naar Nigeria teruggegaan is en zo ongeveer alleen met kerst een kaartje stuurt.

'Hé Zerafina, ga nou niet slapen. Zerafina. Zerafina. Straks komt Kerstin je halen.'

'Ik slaap niet!'

Ze ging overeind zitten en wreef in haar ogen en ik voelde

iets in mij wat warmte gaf, want haar bruine ogen leken op glanzende fluwelen zonnen.

'Zerafina, luister eens. Heeft je moeder wel eens met jou over het beroemde Integratieplan gepraat? Nou?'

Op tv er paradeerden een heleboel Pokémons langs die een liedje zongen over een wereld onder water. In plaats van antwoord geven Zerafina pakte mijn pet en zette die beetje scheef op haar hoofd. Ze keek weer naar de film en zoog weer op haar duim. Ik zette de film met de afstandsbediening op pauze, zodat ze zou begrijpen dat het ernst was.

'Nee, niet doen! Ik wil verder kijken!'

'Luister nou eens. Dit is belangrijk. Heb je nooit van het Integratieplan gehoord?'

In plaats van te luisteren ze werd boos en begon me uit te schelden voor stomme poepjongen en stomme stinkjongen.

'Arme Zerafina. Het Integratieplan is gemaakt door de Zweedse politici om te zorgen dat alle allochtonen...'

'Tietelemonen!'

'Allochtonen! Zwarten. Zoals jij en ik.'

'Halim heeft tieten!' riep ze en ze probeerde me in mijn buik te kietelen. 'JIJ HEBT TIETEN!'

'Hou op!'

'Waarom heb jij tieten?'

Zoals je merkt ze is vet stoer terwijl ze toch nog maar op de kinderdagverblijf zit. En je snapt het al, haar hersens zijn nog niet groot genoeg om geavanceerde filosofieën te bevatten. Ik gaf mijn pogingen op en drukte weer op play. En trouwens, ik heb helemaal geen tieten.

Niet zoveel zin om te schrijven. Ik zou natuurlijk kunnen vertellen over de studie- en beroepsvoorlichtingsbijeenkomst, of dat Stefan en David bij muziek een synthesizerconcert hebben gegeven met rokende luidsprekers op het eind, of over de pijnlijke spreekbeurt van Nicole over Zweedse ridderboeken. (Ze was verkleed als elf met pijl en boog en losse oren.) Maar ik heb daar nu geen zin in. Papa heeft de schotelantenne in de bezemkast gezet en hij zei zodra hij tijd heeft hij gaat hem in elkaar zetten. Ik gaf geen antwoord, maar wandelde zonder zorgen richting Tanto, want ik weet je kunt op papa's woorden vertrouwen. Als hij zegt: 'Ik zet hem in elkaar', dan ik kan rustig zijn, dat weet ik.

Toen de zon in tegenlicht kwam ik moest niezen, zoals zo vaak als de zon onverwacht schijnt. Meteen de herinneringen kwamen als op bestelling, met zomerdag en korte broek en hollen vlak bij de grond tot je helemaal zweterig bent. Bijna geen geluid in mijn oren, maar binnenin het bonst en soms de grond verdwijnt, want de grasveld gaat op en neer en op en neer, maar toch, je houdt niet op maar holt door en hoog aan de hemel je ziet die van de anderen zweven, terwijl toch je ziet geen touwen. Papa heeft natuurlijk eigen vlieger gemaakt van plantenstokjes uit mama's bloempotten en ik zeg natuurlijk niets van, want anders ik krijg dit jaar geen vlieger. Papa lacht: bijna, Halim, bijna, en achter hem de vlieger fladdert, maar toch hij wil niet vliegen. Laatste poging, ik maak megasprint en ren als een gek, ze praten achter me en even later de vlieger stijgt op, gaat omhoog, zwenkt naar opzij en valt dan met een klap op de grond. Ik ga naar de deken en mama, die nog met een stok kan lopen, geeft troost en laat niet zien dat ze lacht, nee ze streelt mijn nek en zegt het is papa's schuld, papa kan geen goede vlieger maken, hij blijft maar kromme plantenstokjes gebruiken, en naast haar ligt haar stok en ze troost me en dat doet meer pijn dan het zou moeten doen, want die stomme vliegers kunnen je toch zeker niets schelen, maar toch ze houdt haar armen om me heen en er is zoveel van haar, meer dan er later ooit is geweest. Ze spreekt Arabisch met zoveel tonen in haar stem, het is bijna alsof ze nachtliedje zingt, terwijl ze toch alleen maar praat en zegt, het is papa's schuld, allemaal papa's schuld. Papa probeert te troosten door de koelbox open te maken en chocoladecrèmekoekjes uit te delen, want in die tijd er was niets zo goed als chocoladecrèmekoekjes.

Ik holde verder door Tanto, overal waren gladde graspollen of vergeelde bladerhopen en ik ging steeds harder, onderdrukte mijn ademkortheid en als er bomen te dichtbij kwamen ik bokste er tegenaan tot mijn knokkels geschaafd raakten, maar het bloedde niet zo erg. Alles was beetje als in een droom waarin je oneindig ver door kan hollen zonder buiten adem te raken en waarin ieder moment buitenaardse wezens in een vliegende schotel of dieren in mensenkleren of busladingen meisjes kunnen opduiken of waarin je armen vleugels kunnen worden, ik holde maar door, steeds maar rondjes om Tantoberget heen.

Toen mijn mond naar bloed smaakte en het zweet stroomde ik holde verder naar Zinken en stopte mijn hand tot aan de elleboog in de grote sneeuwhoop bij de hockeytent. Het brandde en deed pijn en ik zou bijna mijn hoofd ook in de sneeuw hebben gestopt als soort poolstruisvogel als dat niet zo'n stom gezicht was geweest. Na een poosje maakte de sneeuw mijn broek nat en toen ik mijn arm uit de sneeuw terugtrok ik voelde me helderder vanbinnen.

Op weg naar huis ik vond onbewaakte kleedhok en ik tekende mijn tag op alle muren, iedere raam, op de spiegels, in de douche, op de banken, op de wc-bril, op de wastafel, op de deur. Zelfs een paar vergeten gymschoenen kreeg ster en maan.

Het is vreemd. Eigenlijk ik had geen zin in schrijven. Maar toen ik begon ik kon niet ophouden. Het gaat vaak zo als ik met mijn schrift zit. Misschien dat jij die dit leest het maar vet stomme tekst vindt. Wat kan ik zeggen? Ik schrijf eerlijk en als jij liever valsheid leest jij kunt andere tekst van Zweedse sukkelfilosoof lezen. Bovendien als jij dat vindt, dan ik zweer ik schijt op jou (en jouw hele familie).

I own you!

PS. Het is beetje later nu. Wil uitleggen zodat jij het zult begrijpen: ik denk het is belangrijk dat iemand echt is, en als je schrijft dan ook je moet op die manier denken. Maar oké, ik beken dat ik niet over ALLES schrijf. Bijvoorbeeld ik schrijf niet zo vaak over aftrekken. Niet omdat ik mij schaam, maar meer omdat anders de tekst hele tijd over aftrekken zou gaan.

PS2. Nog beetje later. Wil nog één laatste ding zeggen voordat ik in slaap val: je weet wel wat ik schreef over de alarm in de schotelwinkel? Eigenlijk was dat niet echt totaal honderd procent waar, want ze hadden geen echte alarm. Alleen maar van die nepalarmpoortjes bij de uitgang. Maar als ze echte alarm hadden gehad, dan ik had natuurlijk wel gedaan wat ik schreef.

Zondagavond. Ik zit net uit bad met shampoolucht bij mijn schrijftafel. Het is zwaar weekend geweest, maar nu alles voelt stabieler. Mijn geschiedenisboek ligt naast mij, want komende week we hebben huiswerk en ook nog vet grote toets. (Zeg maar zestig bladzijden – fuck Sonja.) De hele weekend de boek heeft mij nogal slechte geweten bezorgd. Plus dat Alex heeft gezegd hij gaat mij dinsdag overhoren om te kijken of ik er wel klaar voor ben. Ik heb schijt aan hem en zijn dreigementen, maar toch het zou wel soft zijn als ik naar zijn kamer kon gaan en hem met mijn kennis kon verslaan. Er zit bovendien wel humor in dat die bewakingschineesje met zo weinig roots dat hij denkt dat hij een neger is mij, de gedachtesultan, moet overhoren in geschiedenis.

Gisteren ik heb Dalanda gezocht op de markt in Skärholmen. Later ik heb op de rommelmarkt gekeken naar spullen voor de winkel. Nu achteraf ik beschouw deze dag als beetje zinloos. Dalanda kwam helemaal niet, terwijl ik bijna twee uur op die bank heb gezeten.

Vanochtend ik werd vroeg uit mijzelf wakker. Nourdine kwam ontbijten en terwijl papa zijn wangen schoor hij vertelde ze hadden afgesproken om met Kerstin naar een tentoonstelling in de buurt van Horngatsbacken te gaan. Eén van Kerstins vrienden heeft blijkbaar nieuwe kunstwerken gemaakt en de première was vandaag. Ik gaf geen antwoord en meteen na de ontbijt ik ging terug naar Skärholmen. Op de markt de handel was in volle gang en toen ik Dalanda zag, die op de bank kruimeltjes zat te strooien voor de duiven, ik voelde de warmte zich verspreiden. Ze zag mij al vanuit de verte en hoewel ik blij wuifde zij keek alleen maar.

Toen ik beetje met ademkortheid bij haar kwam ze omhelsde mij stevig en gaf mij drie kussen. Haar baardhaartjes prikten zoals gewoonlijk, maar toch er was iets veranderd. Dalanda streelde mijn hand en zei helemaal niets.

'Hoe is het met je, Dalanda? Is alles in orde?'

Dalanda trok mijn gezicht naar haar gezicht toe en haar ogen waren als de ogen van geslagen honden. Ze streelde zachtjes mijn wang met de buitenkant van haar rimpelige vingers.

'Lieve Halim, mijn lieve dromertje. Er is een oud spreekwoord: "Alles heeft een eind, maar een merguez heeft er twee".'

Ze slaakte ontzettend diepe zucht en trok haar hijab recht.

'Is er iets gebeurd? Wat bedoel je?'

Dalanda peuterde lang aan droog broodkorstje voordat ze antwoord gaf.

'Ik moet waarschijnlijk binnenkort uit Stockholm weg. Mijn neef heeft eindelijk een baan, hamdullillah. Het probleem is dat dat ziekenhuis helemaal in Skåne ligt.'

Ik herinner me alleen maar ontzettend korte beelden. Ik zat beetje te huiveren op die bank, want er waaide een herfstwind en er was schaduw. Dalanda probeerde de stemming te verbeteren met vragen over mijn schrijven.

'Ik hoop dat je dat niet opgeeft, want ik heb altijd gezegd: een tekst is eeuwig, terwijl het geheugen verandert. De dingen waarvan je dacht dat je ze je leven lang zou onthouden...'

Ze werd onderbroken doordat er een paar junkies aankwamen die een kapotte step wilden verkopen. Dalanda stuurde ze weg en schold ze luid in het Arabisch uit: 'Rohah, maak dat je wegkomt, stelletje boeven... nou ja, hoe dan ook, waar was ik?

Ja... die kunnen met de jaren toch verdwijnen. Dat is met mijn man toch ook gebeurd. Moge Allah hem vergeven, want het is geen kleine zonde om te vergeten waar je vandaan komt...'

Ik kon niet verder luisteren, want andere dingen klonken luider. Toen Dalanda over de moeder van Juan en Alonzo begon, dat die nu met een timmerman uit Södertälje was, onderbrak ik haar, ik zei ik moest weg om geschiedenis te leren. Vlugge omhelzing, dag wees voorzichtig, we zien elkaar nog wel, was leuk om even te praten, valse wangkusjes en de metro naar de centrum. Weinig gedoe, geen chaos, alleen maar leegte.

Nourdine en papa en Kerstin zaten in de huiskamer. Nourdine keek tv en papa zat naar Kerstin gewend op de bank. Overal het rook naar popcorn uit de magnetron en er was een herhaling van *Robinson* op tv. Nourdine riep dat ze Buba absoluut niet mochten wegstemmen, want die werkte gewoon het hardst. Ik zei: 'Het maakt mij echt geen moer uit wie er van die eiland af moet.' Papa en Kerstin hoorden me niet, want die zaten over de kunsttentoonstelling te praten.

Ik hield alles voor me en ging naar de badkamer. Daar er gebeurde iets heel akeligs, de wanden leken wel beetje te wankelen en eerst ik dacht ik ga vallen, want de vloer hing ook beetje scheef. Maar ik liet gauw een schuimbad vollopen en dat was echt gloeiend heet, de damp maakte vet veel waas op de raam en bij het uitkleden ik schaafde mijn dij, maar ik voelde er niets van. Ik begon voorzichtig met een voet, toen een been, het brandde en de waterdamp steeg op in mijn neus en mijn hersenen en mijn ogen deden zeer en werden wazig en het brandde heel erg toen ik mijn pik onderdompelde, maar uiteindelijk ik dwong mijn lichaam onder water, hoewel het overal bonsde, en ik ademde en ademde en gleed met hoofd en haar onder het oppervlak en overal er was gloeiend gebons en ik deed mijn ogen dicht en soms ik kwam tegen de slang aan en dat maakte geluid van een onderzeeboot en op de bodem ik kroop in elkaar op mijn zij en het brandde al wat minder. Algauw de lucht begon op te raken en ik dacht: wat maakt het uit, en ik dacht: alle wijven zijn toch hoeren, en ik dacht: kut en klootzakken, en mijn benen schokten en tintelden, maar ik had alles onder controle en bleef liggen en mijn lichaam is heel ver weg en al het warme omhelst me en wiegt me en ik beweeg pas als mama eindelijk zachtjes mijn hoofd streelt en zegt dat als ik niet wakker word dan slaat ze me met de koekenpan op mijn hoofd, want ik mag niet nog eens te laat komen en bovendien, ze trekt het rolgordijn omhoog, ze heeft met de moeder van Juan gepraat en Juan mag helemaal niet op de fiets naar school, dus kom nou maar eens uit bed jij zevenslaper, en het is allemaal de schuld van je vader, waarom heeft hij je dan ook een wekker met snooze-functie gegeven. Maar de derde keer ze komt op de rand van mijn bed zitten, ze streelt mijn wang en er is de geur van zijde en henna en overal dezelfde warmte en daar zijn de oude kamer en de oerwouddeken en de rode gordijnen en het is moeilijk om ernstig te blijven als ze ten slotte met een fluistering vooroverbuigt: 'Ik weet dat je wakker bent.'

Opeens de golven rolden over de rand van de badkuip en er kwamen grote plassen op de vloer. Ik zat huiverend in de dampend hete bad en het schrijnde en deed pijn toen de lucht weer in mijn longen stroomde. Precies, zo was het.

2

Turkooizen?
Helemaal niet, verdomme!

Sinds zondag er zitten twee ruziënde stemmen in mijn brein. De ene zegt: het is tijd om op te houden met dat geschrijf, plak je schrift dicht en verstop het achter in je geheime lade. Want waarom doorgaan met het opschrijven van filosofieën en gedachten als mensen als Dalanda zeggen dat ze altijd bij je zullen blijven en dan toch de stad uitgaan? De andere stem praatte in Libisch dialect en herinnerde me eraan dat teksten de beste manier zijn om je geheugen te bewaren en tegelijkertijd in evenwicht te blijven. Plus dat woorden een ontzettend machtig wapen zijn dat nooit ongeslepen raakt of kogels tekort komt. Zoals ik het nu voel ik denk dat ik nog een poosje doorga met mijn schrift.

Ook ik heb veel gedacht aan alle toekomstige onderzoekers die mijn schrift lang na mijn dood zullen vinden (als het niet in de bankkluis is, dan misschien in bananendoos op zolder of als een fossiel). Die onderzoekers zijn natuurlijk diep onder de indruk, zij zullen de grootsheid zien en ze zullen zeggen: Halim was al een genie lang voordat hij de rijkste en bekendste advocaat van Zweden werd, die allochtonen gratis uit de bajes hielp en een eigen Arabisch cultuurcentrum bouwde recht tegenover het Zweedse koninklijke paleis.

De laatste week het is voornamelijk shit geweest (maar ook shitdingen moet je opschrijven, anders is je tekst niks waard):

1. Papa heeft de schotelantenne nog steeds niet aangesloten. Hij staat nog steeds in de bezemkast te wachten. Soms ik doe de deur open om even naar hem te kijken.
2. Nourdine is nog steeds werkloos en geen regisseur durft hem zelfs maar op auditie te laten komen. Hij krijgt nu een uitkering en zit zo'n beetje de hele dag in de café.
3. Voor mijn geschiedenistoets ik had hard gewerkt en ik vond voor één keer dat ik alles in mijn hoofd had. Maar ik kwam de lokaal binnen en al mijn kennis stroomde weg door mijn voeten. Bijvoorbeeld ik vergat wie Gavrilo Princip was (terwijl ik dat eigenlijk wel wist).
4. Ik ben nog steeds beetje ongerust over Hristo. Hij is bijna nooit op school, maar Philip zei dat Hristo op kickboksen zit en bij Hammarby voetbalt en heleboel vrienden heeft die worden gezocht. Misschien onzin, misschien niet, maar hoe kan ik dat weten?
5. Nadat Kristoffer had gezegd dat mijn feztulband een vrouwenmuts was, ben ik anders naar vrouwenhoofden gaan kijken. Ik moet toegeven je ziet vaak vrouwen met mutsen die wel op die van mij lijken. Vooral nu het beetje koude herfst is geworden je ziet er veel. Maar vaak ze hebben andere kleur dan rood, dus niemand op school denkt: Halim heeft rondgelopen met vrouwenmuts.
6. Kerstin is weer bij ons geweest, hoewel ze eigenlijk thuis had moeten zijn aan de andere kant van Söder om kamers te verhuren aan dikke Duitsers en nieuwe artikelen uit te denken, die alleen onbekende feministentijdschriften willen hebben. Twee keer papa heeft gezegd dat hij en Kerstin alleen maar goede vrienden zijn, maar ik denk: hoezo 'alleen maar'. Halim denkt: papa is bezig een ander iemand te worden. Halim denkt soms zelfs: papa is bezig te verschrompelen en schil te worden en dat is een gedachte die ontzettend pijn doet.

Omdat het beetje misging met Engels vorige week Alex zou mij apart lesgeven vandaag. Gelukkig hij vroeg niet waarom ik pissig werd toen Kristoffer weer over die vrouwenmuts begon te zeuren. Hij wilde mij Engels leren via omweggetje en daarom hij had een speciaal bandje gemaakt met hiphopmuziek. Het was beetje raar gevoel dat hij zoveel voorbereiding had gedaan en een cassettedeck had geleend van de docent beeldende vorming en voor mij een eigen tekstboekje had gemaakt met onderstrepingen en woordverklaringen. Ik begon niet meteen met dissen, dus hij blij natuurlijk; hij dacht dat we beste vrienden waren.

'Ik beloof je man, let op mijn woorden: dit is absoluut de beste MC van Zweden, alle categorieën. Ze is bekend geraakt in de undergroundscene als Miss IC. Heb je wel eens van haar gehoord?'

'Nooit', ik antwoordde.

'Dus niet "I see" maar een "I" en dan een "C". Maar goed, I-on Carry-on, heb je daar dan wel eens van gehoord? Of MC Shuffle-N? Ms Manara? Mogge da tricksta? Nee? Hoe dan ook, ze heeft een heel stel aliassen.'

'Hoe heet ze dan echt?'

'Tegenwoordig noemt ze zich Miss IC. Dat is haar...'

'Ja, maar in het echt? Geef toe dat ze een andere naam heeft waar ze zich eigenlijk voor schaamt.'

Alex gaf het op.

'Oké dan. Wij noemen haar Magda. Tenminste, wij die haar een beetje persoonlijk kennen, noemen haar zo. Maar laat die namen nou maar zitten. Ik beloof je dat IC, of Magda, het best bewaarde geheim is van de underground. Niemand kan zo fantastisch dissrappen als zij!'

'Zijn jullie verliefd of zo?'

Alex krabde zorvuldig zijn knie.

'Verliefd? Hè? Absoluut niet. Welnee. We zijn gewoon vrienden. *Homiez*. Zij is gewoon niet zo'n type dat je... nou ja, je snapt me wel.'

'Ja, maar als ze nou echt zo wreed goed is als jij zegt, waarom is ze dan niet bekend?'

'Dat komt nog, ik beloof het. Ze is bezig met haar eerste cd en zodra die uit is zul je zien! Deze herfst ligt hij in de winkel. We gaan een beetje sneak previews van die cd beluisteren. Now, from now on we will only speak English... Okay? We will listen to some songs, analyze the content and discuss the meaning of the rhymes. We will start by listening to a track called "Sweden's Wackest Rappers". Are you ready?'

Alex gaf me het boekje met de songteksten en drukte op play op de cassettespeler. Het meisje dat zong had een dik hese stem en klonk vet kwaad. Ze begon met stukje kletsen, dat ze lang had gewacht en dat het nu tijd was voor de totale revolutie plus dat alle andere rappers klootzakken en sellouts zijn. De muziek kwam op gang. De drums waren krakerig en hard met dreigende vioolklanken die soms uit de maat raakten. De hele tekst ging erover dat IC de scherpste tong van de stad had met de scherpste rijmen en dat geen rapper zich met haar kon meten. Onder andere ze diste MC Hayman en DJ Norwegian Shadow en zei dat hun teksten zo megacommercieel waren dat het kon niet anders of hun vaders waren dwergen in meisjeskleren en hun producenten waren ontzettende hoeren.

Het was superrelaxed om Alex te zien hiphoppen zodra de muziek begon. Hij begon met zijn hoofd te wippen, hij leek wel een uil, en tegelijk hij bokste beetje met zijn armen en zong mee met de teksten. Na de eerste nummer hij drukte op pauze.

'Do you understand all the lyrics? "Dwarfs", you understand that word? "Dwergen". Just ask, okay? Now we will listen to another song where she disses Son of J-cob. Okay? Are you ready?'

Eigenlijk alle nummers klonken beetje hetzelfde en er was geen één nummer over echte hiphoponderwerpen, zoals leven in de voorsteden of over drugs of lekkere wijven. Maar volgens Alex dat betekende niet dat Magda onecht was.

'To me, that's exactly what's so special with IC: she refuses to do that predictable shit that everyone expects of her. She's just herself. Maintaining G. Keeping it real.'

'Waar komt ze eigenlijk vandaan?'

'Excuse me? In English, please.'

'From where is she?'

'Her father is from Africa but she herself was born and raised in Stockholm.'

We luisterden alle nummers uit en aan de eind van de les het leek wel of Alex rode make-upkringen op zijn wangen had en er glinsterde zweet op zijn voorhoofd. Hij vergat paar keer dat we eigenlijk Engels moesten spreken.

'Snap je wel hoe wreed goed dit is? Vind je ook niet, man? Nou? Are you with me? Don't front, man, you bezzer recognize!'

Ik knikte maar, want anders hij zou maar teleurgesteld zijn en spijt hebben van deze les die hij speciaal had gepland.

Op weg naar huis ik dacht aan Magda en stelde me voor hoe ze eruitzag. Een gespierde halfbloedchick met gouden tanden en gettotieten en een hoop littekens van drugs in haar gezicht. Ze zat op de achterbank van een groene hoppende auto van Dr Dre een joint te roken. Met haar andere hand flashte ze de gangteken en haar nagels waren lang met een speciale schildering op iedere nagel. Het was moeilijk me haar voor te stellen als een Magda, maar nog moeilijk me voor te stellen dat Alex haar durfde te flowen.

Op zaterdagmiddag papa zat bij de keukentafel om formulieren voor de winkel in te vullen. Hele poos hij mompelde, zuchtte, vloekte en drukte hard op de toetsen van de rekenmachine. Hij riep mij en ik ging hem helpen natuurlijk. Hij moest verkoopcijfers en saldo's opgeven en heleboel andere onnodige dingen. Ik vertaalde en gaf raad en soms we namen pauze zodat papa lange Arabische vloeken kon zeggen over die fuckbureaucratie.

Papa's stem is echt wel beetje speciaal en bijna een eigen theorie waard. Als in de winkel de deur opengaat en de koeienbel rammelt, ik kan vanuit de magazijn horen of de klant een Zwedo is of een allochtoon. Ik weet wel jij denkt natuurlijk: dat is simpel rekensommetje, want de winkel ligt bij de Zuidstation, dus de meesten zijn Zwedo's. Maar ik heb niet over rekensommetje maar over papa's stem. Als de klant een Zwedo is, dan die stem wordt net als wanneer Kerstin aan de telefoon is. Zacht en soepel als elastiekje. Hij praat vriendelijk, geeft een Kinder-ei mee als de klant een meisje is en iedere keer als de klant 'dank u' zegt, papa zegt 'graag gedaan'.

Die stem is precies tegenovergestelde van de stem op de rommelmarkt of de stem van de Arabische vloeken, die is namelijk een knoertharde berg van graniet en vet veel gezag.

We waren bijna klaar met de formulieren toen ik even wilde laten zien dat ik het met hem eens was.

'Dit is nou echt typisch Zweeds. Formulieren en bureaucratie en papieren. Typisch Zweeds toch?'

Papa hield op met vloeken en keek alleen maar.

'Hoe bedoel je?' vroeg hij.

'Nou, dat het echt typisch is! En ze maken die formulieren zo moeilijk mogelijk, zodat geen één allochtoon voor zichzelf kan beginnen. Allemaal om ons in werkloosheid en uitkeringen gevangen te houden. Typisch iets voor politici!'

Maar in plaats van het met me eens te zijn papa fronste zijn wenkbrauwen en streek met één hand zijn snor glad.

'Waar lees je al dat soort dingen? Komt dat weer bij die Dalanda vandaan?'

'Hè? Helemaal niet, het is toch gewoon zo!'

'Hoezo is dat gewoon zo?'

In papa's ogen kwam beetje duisternis. Hij liet zijn pen los en schoof de formulieren opzij.

'Nou, laat ik het dan zo vragen: denk jij dat het in Marokko allemaal zoveel beter was?'

Ik kon geen goed antwoord bedenken.

'Zeg nou eens, Halim. Wat weet je eigenlijk nog van Marokko? Daar ben ik heel nieuwsgierig naar. Vertel eens wat over de West-Sahara. Of... of vertel eens wat over de verhoormethoden van de politie. Daar zou ik graag wat over willen horen. En misschien kun je ook wat zeggen over de armoedepolitiek van Hassan als je toch bezig bent? Ja? Wat vind je zelf van de luxe in de moskee van Casablanca?'

In zijn stem lag vet veel ironie en ik antwoordde dat ik een eindje ging wandelen. Zo snel mogelijk naar de metro en dan naar Skärholmen.

De fruitkraampjes gingen al dicht, maar er slenterden nog heel wat mensen rond in de namiddagzon. Op Dalanda's bank er lag een Zwedo-alcoholist met een baard en met een hockeytas als hoofdkussen. Hij snurkte, rook naar braaksel of zoiets en in zijn rechterhand hij had een stalen kammetje.

Het gaf mij beetje gevoel dat iemand de pias uithing zo vlak bij mama's graf, dus ik maakte hem meteen wakker en zei tegen hem dat hij moest ophoepelen. Vreemd genoeg hij deed dat gewoon. Zonder protest hij nam de tas onder zijn arm en ging een eindje verderop achter een zandkist liggen. Ik ging op de bank zitten en dacht: het is een mooie dag. In Mansours Buitenlandse Levensmiddelen was de rij misschien twintig meter lang en bij de Snoepshop een paar kleine kinderen bedelden om gratis losse snoep (ze kregen natuurlijk niets). Bij Daftar Goud de hele familie stond achter de kassa, op alle spullen zaten rode uitverkoopstickertjes en toch er was geen klant in de winkel. Overal om mij heen er waren moeders met hijabs en kinderwagens met grote pakken wc-papier en tassen van de goedkope super en vaders en oude mannen met gebedssnoeren en sigaretten. Eén moeder had een gerimpeld beige gezicht en een beige hijab, ze leek een beetje op E.T. (wel mooier natuurlijk). Haar zonen waren een tweeling, met dezelfde wollen vesten aan en dezelfde scheve scheiding in hun haar, maar ze maakten de hele tijd ruzie en ten slotte ze verloor haar geduld en gaf ze een draai om hun oren. Ze schold ze uit in prachtig Arabisch en ik hoorde haar dialect en dacht: misschien komt ze wel uit Libië, net als Dalanda.

Taxi Fashion was gesloten, maar Isik en zijn broer stonden op de stoep naar meisjes te kijken. Er kwam een junkie langs, die een leren vest, een horloge aan een zilveren ketting en diverse zonnebrillen probeerde te verkopen, maar Isik weigerde natuurlijk. Zijn broer had net zijn haar geblondeerd en leunde tegen de witgeklede koksstandbeeld van Snack Kebab aan. De kok keek vet blij, hij hield zijn arm alsof hij de menukaart vasthield die de bende van Alonzo een keer had gejat, jaren geleden. Die standbeeld staat er nog, met homosnor en glimlach, terwijl hij toch geen menukaart meer kan laten zien. Ik probeerde te zeggen dat het humoristisch was dat het standbeeld er nog stond.

Ik probeerde te denken dat alles om mij heen relaxed was en ik keek hele poos naar de duiven die rondvlogen, want het was fijn om omhoog te kijken. Ik voelde echt wel dat sommige mensen scheef naar mij keken maar toch ik kon niet ophouden met denken mijn bloed prikte en mijn longen leken gekrompen en mijn tanden zaten scheef en gleden langs elkaar en mijn lichaam kon niet goed stilzitten, want het schrijnde en gloeide hoewel mijn hoofd het koud had. Vretende slangen zwommen door mijn bloed naar mijn hersenen zodat de hele geheugendam in elkaar zou storten en tot glasgruis zou worden en ik herinnerde me glanzende speekseldraden en verkrampte klauwhanden en het snoer dat op het laatst werd aangesloten toen er alleen nog leven in de ogen zat. De bananendozen vol kleren en shawls staan nog in de berging en ze is overleden en ik herinner me dat het rustig ging en toen ik kon het niet laten ging weer naar beneden naar de berging omdat ik spijt had maar papa zei dat is niet goed moeten verder kom even bij me maar we kunnen dat niet bewaren en ik ging als een gek door met inpakken en al na een week alles was verhuisd en klaar en papa zei het is klein maar we redden ons wel en de nieuwe school is honderd keer beter want in de buitenwijken komt iedereen in de goot terecht en wij wonen in elk geval naast Bengt en ik herinner me papa's glimlach waar geen vreugde meer in zat en die evenveel schil was als haar lichaam en toen Dalanda of mama of allebei zaten naast mij op de bank en troostten me en streelden me en noemden mij gedachtesultan met een geur van henna en zijde en beetje sinaasappelschil.

'Hé zeg! Hé! Hallo!'

Een roodharig meisje met een piercing in haar neus was naast mij komen zitten en klopte op mijn schouder.

'Hallo, rustig maar, rustig maar. Droog je tranen en vertel maar eens wat er gebeurd is, mannetje.'

Bij ieder woord ze maakte een sprongetje met haar stem, zoals Finse vrouwen doen en ondertussen ze wilde nog meer troosten en mijn hoofd strelen. In een reflex ik greep haar hand en duwde haar weg en ze zei met vet gekwetste stem: 'Sorry dat ik me ergens mee bemoei, hoor', maar ik was alweer terug in mijn fantasie en kwam er pas weer uit toen het al donker was en het plein er beetje verlaten bij lag.

De gezinnen zaten waarschijnlijk thuis voor de tv een feestmaal te eten en zelfs de alcoholist was weg. Een paar eenzame dealers stonden met hun handel aan de andere kant van de fontein en een paar andere gasten in trainingspakken bewaakten de pinautomaat bij de café biljart op jacht naar makkelijke floes. De vogels cirkelden boven lege fruitkraampjes en soms ze gaven fladdergeluiden en eenzame kreten, verder alles was stil. Aan de hemel de halvemaan werd zichtbaar en de licht maakte een spiegel van de watervijver. In de zak van mijn spijkerbroek ik voelde mijn viltstift en op de rugleuning van de bank waar Dalanda en ik zo vaak hadden gezeten ik zette een ontzettend mooie tag. (De maan wordt tegenwoordig iedere keer perfect van vorm en mooi.) Het gaf beetje een gevoel dat ik duidelijk afsluiting maakte.

Toen ik kreeg rillingen en honger en ik nam de metro naar huis, terwijl ik probeerde te bedenken welke soort filosofieën zouden kunnen maken dat papa terugkwam. Of misschien het is al te laat?

IK DENK ALLEEN maar aan haar, de mooiste meisje van mijn leven. Ik zie haar steeds weer. Ze houdt haar armen onder haar jas en maakt trotse indruk, ze gaf haar mening en we snappen allebei dat we aan dezelfde kant staan. Ik moet rustig houden om alles zonder te veel wanorde te vertellen.

Vandaag Carin zei dat de school vernieuwd wordt en moderner moet worden. Daarom alle leraren heten vanaf nu mentoren en ook er komt meer aandacht voor leerlingendemocratie.

'De school wordt eigenlijk gewoon wat jullie ervan maken', zei Carin.

Je liegt, kutwijf, ik dacht.

Alle leerlingen werden in verschillende commissies ingedeeld, zoals de informaticacommissie, de handenarbeidcommissie, de taalcommissie, de pestcommissie en de bibliotheekcommissie. Alles was vet vals en zo kameleontisch als maar kon. Bovendien toen ik geen groep koos die kutwijven zetten mij in de kantinecommissie, want daar Alex zou mij in de gaten kunnen houden. De ergste club die er was (zoals ik dacht).

Vanmiddag we hadden onze eerste vergadering in de kantine. Die was leeg en rook naar oude visburgers en ook naar afwasmiddel. Alex ging in de hoek zitten en er waren ongeveer twintig leerlingen en een paar leraren en een paar kantinedames die de regels vertelden en reglementen uitdeelden. Tijdens de hele vergadering ik liet zien dat Halim geen slappeling is die zich eronder laat krijgen. Ik heb schijt aan jullie reglementen en aan jullie democratie, ik dacht. Ik vouwde een vliegtuigje van de papier en het was vet leuk om Alex, die zuchtend in de hoek zat te wachten, strak aan te blijven staren.

Op gegeven moment de andere kutwijven begonnen te bespreken dat driehoekig knäckebröd populairder was dan gewoon knäckebröd. Ze praatten en praatten en de tijd ging langzaam. Om de tijd te doden ik pakte de artikel die ik in de krant van vandaag had gevonden.

> STOCKHOLM – Politiemannen in Stockholm worden verdacht van machtsmisbruik ten opzichte van een 14-jarige jongen. De 14-jarige speelde met twee vrienden met rotjes op Järvafältet in Stockholm. Ze kregen een politieauto in het oog en holden weg. De jongens dachten dat de politie gealarmeerd was vanwege de rotjes. De 14-jarige jongen werd aangevallen door een politiehond en in zijn arm, schouder en been gebeten. De politie zou de jongen vervolgens handboeien hebben omgedaan terwijl hij op de grond lag. Volgens de aangifte zou een van de agenten de 14-jarige bovendien aan zijn haar hebben getrokken en hem van autodiefstal hebben beschuldigd. De jongen zou op weg naar het politiebureau ook zijn bedreigd met slaag en denigrerende opmerkingen over zijn allochtone achtergrond te horen hebben gekregen.
> De jongen is overgebracht naar het Astrid Lindgren-ziekenhuis, waar een arts de verwondingen van de jongen heeft gefotografeerd. Er is een onderzoek gestart. De verdenkingen jegens de politieagenten hebben betrekking op mishandeling en bedreiging, alsook op ambtsvergrijp.

Ik las de knipsel een paar keer door en toen ik merkte dat ze het nog steeds over de driehoekige brood hadden. Een achtsteklasser zei dat rechthoekig knäckebröd populairder was en ik drukte de mute-knop in mijn oren in en keerde in mijn hoofd terug. Daar ik filosofeerde een hele krantentheorie bij elkaar:

In Zweden er zijn heel veel allochtonen en daarom het is belangrijk dat wij niet gaan ruziemaken en relschoppen, want dan raken de Zwedo's in paniek, want in hun binnenste binnenste zij WETEN gewoon dat wij wreder zijn. Daarom het is zo megabelangrijk dat de allochtonen hun geschiedenis vergeten en op die manier meer als de Zwedo's zullen worden. Zij snappen wel dat wij anders hun vrouwen neuken en vet veel respect krijgen en megaveel floes. Daarom de politici willen geen allochtone talenonderwijs en daarom ze willen de allochtonen over verschillende regio's verspreiden. Ze willen het liefst ook dat wij onze merguez inruilen tegen hun rookworst en onze baklava tegen hun smerige spijsbroodjes. Daarom de Zwedo's zeggen: 'iemand blond en blauw slaan', want daarmee ze laten zien dat je OFWEL in je diepste ziel blond en blauw moet worden OFWEL blond en blauw geslagen zult worden (misschien door skinheads, misschien door de politie). Ze sturen de politie af op alle allochtonen die laten zien dat ze ergens geld hebben gefixt, als dat zo is het is namelijk meteen mis, want in Zwedoland je verdient wel dik geld, maar je laat dat nooit zien. Wat de kranten en de tv betreft, dat is ook een goede manier om de allochtonen zoet te houden. Daarom ze laten *Robinson* en de eredivisie en MTV *Grind* zien, terwijl ze de nieuws waarover de allochtonen kwaad zouden worden wegmoffelen.

Ik zat daar in de kantine met mijn slimme filosofiegedachten toen plotseling een meisje tegenover mij begon te schreeuwen.

'Hé, hoe lang gaan we nog door met dit gezeur? Het is nu verdomme wel genoeg geweest!'

Ze leunde achterover en blies een zwarte kauwgombel, die met een plopgeluid kapotging. Iedereen zat doodstil. Alex keek naar de schoolplein en slikte diep. Ook de kantinedames werden zenuwachtig.

‘Ja maar Marit, jij vindt dit toch ook een belangrijk probleem?’

De meisje gaf een diepe zucht als antwoord en stopte haar handen diep in de zakken van haar jas. Ik keek naar haar en zij keek naar mij en toen het was alsof alle vulkaanwarmte van de hele wereld in mijn lichaam viel en alsof er een superdikke laag tijgerbalsem op mijn borstkas zat en haar ogen waren supermooie glinsterende sterren, die waanzinnig sterke stralenglans verspreidden en de hele kantine verblindden.

De rest van de vergadering ik moest mij keihard concentreren om niet per ongeluk nog eens naar haar te kijken. Ik staarde naar de tafel als een soort Alex en toen de stemming over de knäckebröd achter de rug was ik ging zo snel mogelijk naar de kluisjes. De uitslag van de stemming was 8-8, doordat Marit en ik allebei blanco hadden gestemd. De kantinedame klonk vet kwaad toen ze zei dat we er de volgende keer verder over moesten discussiëren.

Later op de dag ik beschilderde een paar wc’s en probeerde me op de strijd te concentreren, maar ik kon maar niet ophouden ‘Marit, Marit, MARIT’ te denken. De hele weg naar huis dat bleef zo, maritmaritmarit. Het is alsof haar naam als een sigarettenlitteken in mijn hersenen is gebrand en haar gezicht aan de binnenkant van mijn oogleden is getatoeëerd. Iedere keer als ik knipper ik zie haar zwarte krulharen en haar sexy vooruitgestoken lippen met donker gestifte lijnen langs de buitenranden. Op haar wangen ze heeft superdure poedermake-up en achter haar beugel haar bliksemwitte tanden blinken.

Ik ben vanochtend eerst vroeg opgestaan om mijn biologie nog eens door te kijken. Dat deed ik vooral om Alex te laten zien dat alle toetsen gewoon supermakkelijk zijn zodra deze gedachtesultan er even zijn schouders onder zet. Zoals altijd na een toets de stemming in de klas was opgelucht en in de eerste pauze iedereen zat in de overblijflokaal. Marit zat op de bank met Jessica en Anna en ze keek best vaak naar mij. Iedere keer ik kreeg soort elektrische schok en ik moest me concentreren om cool te blijven doen en mijn pik in bedwang te houden. Hoewel ze in de parallelklas zit ik snap niet dat het zo lang heeft geduurd tot ik haar totale schoonheid ontdekte.

Vandaag ze had een witte broek aan met geknipte rafels onder aan de pijpen en op haar lichtblauwe hemdje er stond 'Silkscreen' met witte pailletten. Daaroverheen ze had soort lange bruine jas, maar dan van veststof. Denk maar niet dat Marit rondloopt als alto in T-shirt van Thåstrand of met stickers op haar jas. Of in feministische outfit met lesboklereren, zoals meisjesstropdassen of zware schoenen. Marit is als de kleurigste regenboogvis in een verontreinigde zee of als supermooie bloem die op de smerigste vuilnishoop groeit. Alle andere chicks kijken jaloers, want zij beseffen Marit is de mooiste chick van de stad. Als ik aan haar denk ik noem haar 'mijn sweetiezina' en dat zal mijn koosnaampje voor haar zijn.

Als wij echt samen zijn ik ga haar dat vertellen en dan zij zal nog meer van mij houden.

Oké, ik heb verloren met biljarten, maar dat is niet zo belangrijk, want met liefde in je leven ook de lulligste moment krijgt glans. De bel ging, iedereen ging naar de les en ik zorgde ervoor dat Marit en ik naast elkaar liepen op de trap. Aangezien ik weet hoe meisjes denken ik begreep dat zij niet met mij wilde praten met al die anderen erbij. We liepen dus gewoon naast elkaar en soms ik rook iets van haar parfum en die geurde als bloemen in de hemel vlak nadat het goudglitter heeft geregend.

Met aardrijkskunde we hadden het over steensoorten en meer oninteressante zaken. In plaats van te luisteren ik bedacht een nieuwe theorie speciaal over Alex en meer algemeen over de lafheid van andere geadopteerde mensen: als je geen geschiedenis hebt en niet weet waar je vandaan komt (bijvoorbeeld als je in Korea bent geboren maar door Zwedo-ouders bent opgevoed), dan het is natuurlijk simpel om in evenwicht te blijven, want zonder roots je hebt geen echte strijd. Sommigen kunnen dan de strijd van anderen nemen omdat ze toch wat willen (bijvoorbeeld: een spleetoog wordt hiphopper), maar dan je speelt natuurlijk vet vals. Zonder strijd het is makkelijk om in evenwicht te blijven. Voor mensen die hun geschiedenis kennen béétje evenwicht kan goed zijn (soms), want met evenwicht je kunt filosoferen en theorieën schrijven. Maar evenwicht kan ook mensen fucking lafaards maken en dan je kunt ze vet beledigen zonder dat ze snappen dat ze wat terug moeten zeggen om niet hun hele gezicht te verliezen.

Ik zat daar bij aardrijkskunde en ik voelde me als oude Arabische wetenschapper met fez en puntschoenen, zo eentje die in een toren woont (misschien in oude stad Bagdad). Ik had een kijker die helemaal tot Europa kon kijken en roem die maakte dat andere geleerden naar mijn toren keken met mengsel van haat en nieuwsgierigheid. Bovendien ik was een super-Cosmonova en ik had heleboel meisjes die naar mijn toren wilden komen om een shisha te roken en daarna lekker te neuken omdat ik zo superslim was. (Ik zou ze natuurlijk vet dissen, want Marit is voor mij de enige.)

Toch ik zou nooit zijn als die intellectuelen over wie Dalanda het had. Nooit ik zou alleen maar praten en denken en kameleontisch zijn, maar soms mijn evenwicht zou het begeven en dan zou ik problemen gaan maken, maar alleen als het voor de strijd was, anders niet. Bijvoorbeeld ik kan ervoor kiezen ter ere van Marit een aanval te doen op de kantine, om te laten zien dat wij allebei hetzelfde denken over de kantinecommissie en de verzweedsing. Toen ik dacht: papa is niet zo'n intellectueel als Dalanda bedoelde en ik dacht: in dat geval er komen problemen, want dan hij is aan de oppervlakte bijna net zoals Alex.

In de lunchpauze ik zocht mijn kalmte bij elkaar, herhaalde mijn theorie en maakte de deur naar de kantine open. De achtsteklassers waren aan het eten en als ze valkenogen hadden gehad ze zouden een gedachtesultan naar binnen hebben zien sluipen, snel als een wezel hij smokkelde een vork in zijn mouw, vervolgens hij pakte een gewoon plastic bekertje en schonk dat vol met jus d'orange. En daarna hij ging weg. Maar ging hij wel weg? Was hij niet eerst op zijn tenen gaan staan om over de jusapparaat heen te buigen en had hij toen niet met twee prikjes van zijn vork de pakken jus doorboord? Twee gaatjes precies op de juiste plek, net als Alonzo en Fredrik in Skärholmen hadden gedaan. Er sijpelde beetje jus op de grond alsof de pakken bloedden, maar de explosie-effect zou pas een minuut later komen als de volgende persoon zijn jusbekertje wilde vullen. De druk van de machine zou maken dat de pakken ontploften en de jus zou eruit stromen en dan zouden die kutlui wel spijt krijgen dat ze de allochtone talenonderwijs hadden afgeschaft en Zwedo-eten zoals bloedworst op de schoolmenu hadden gezet. In Skärholmen ik herinner me het was een complete rel geworden en de rector had Alonzo bijna van school verwijderd (terwijl hij het niet voor de strijd had gedaan maar vooral omdat hij een gangsta wou zijn).

Ik bleef niet in de kantine, omdat ik wist dat ze wel zouden vermoeden wie hierachter zat. In plaats daarvan ik stuurde in gedachten een bedankje naar Marit voor de moed die zij mij had gegeven en ging toen naar de kluisjes. In mijn hoofd ik zag de jus overstromen en dat was een machtig gezicht.

Nog iets: terwijl ik hier zat te schrijven papa belde naar huis om te zeggen dat Nourdine vandaag met een nieuwe baan is begonnen! De nieuwe vrouw van de neef van Samir heeft geholpen met contacten; het is blijkbaar in de reclamebranche. Papa zei dat we hem morgen gaan steunen.

Gisteren het was beetje leuke situatie bij oriëntatie op de hedendaagse samenleving. Alle leerlingen moeten kruisjes invullen op een formuliertje, daarna je moet je blaadje doorgeven aan degene die naast je zit en die moet het nakijken. Maar omdat ik alleen zat Alex kwam naast mij zitten. Toen Birgitta zei dat Alex de toets ook wel kon maken.

'Het is gewoon een beetje algemene ontwikkeling, dat kun je best. Dan heeft Halim ook wat na te kijken.'

Alex kon natuurlijk geen nee zeggen, hoewel ik aan zijn gezicht zag dat hij wilde vluchten. De vragen werden opgelezen, iedereen kruiste antwoorden aan en de papieren werden doorgegeven. Ik wist niet alle antwoorden, maar het bleek ik had vet goed geraden. Ik had elf van de vijftien antwoorden goed (de op één na beste van de klas). Maar het leukste was: Alex had er maar acht goed. Acht goed van de vijftien!

Ik zat in de les nog hele tijd aan een superbelediging te vijlen. Op Zwedotoon: 'Goh, ik wist wel dat je niets van je geschiedenis afwist, maar dat je ook niets over je eigen tijd weet, is een verrassing.' Of misschien de allochtonenversie: 'Weet je man, spleetogen die voor hiphopneger spelen die maak ik in. Ik own je ass.'

Na de les ik riep Alex en net ik zou het zeggen; ik had de woorden op de puntje van mijn tong. Maar toen hij zich omdraaide en zijn face liet zien ik raakte de draad kwijt. Zijn ogen stonden verdrietig, alsof hij van een begrafenis kwam en plotseling ik voelde me verrot vanbinnen. Het ging niet, het was net zoiets als meisje slaan of bejaarde een duw geven. Toen ik vroeg maar hoe het ging.

'Gaat wel', zei hij, maar nog steeds met de gezicht van iemand die boter heeft verkocht maar van zijn floes is beroofd. Hij verdween naar de lerarenkamer en ik had eigenlijk beetje medelijden. Het valt natuurlijk niet mee iedere dag ingemaakt te worden door de slimste allochtone revolutiefilosoof van Zweden.

Na school ik ging naar de stad. Ik had met papa afgesproken bij de worstkraampje bij Åhléns. Papa stond op de ene hoek en keek naar de etalages toen ik de roltrap op kwam. Soms het is vreemd als je in de drukte iemand ziet die je kent, want je ogen zijn soms sneller dan je hersens. Deze keer het ging ook zo. Voordat mijn hersens hadden begrepen dat het papa was, mijn ogen zagen een uitgezakt gezicht met overal rimpels achter een grijs geworden snor. Verstrooid hij wreef zijn brillenglazen schoon en glimlachte naar de etalageruit. Net voordat mijn hersens bijtrokken, mijn ogen zeiden dat die man er zwak uitzag.

We gaven elkaar een hand als begroeting en liepen Hamngatan af naar Kungsgatan. Het was fijn om met papa te wandelen en het was niet eens storend dat ik tegenwoordig bijna een decimeter langer ben dan hij. Papa had het erover dat de zaak zonder de fietsenbord deze herfst misschien wel naar de fles zou zijn gegaan.

'Zo zie je maar welke invloed el maktoub, het lot, kan hebben. Wij vinden een gestolen fiets in de bosjes en ineens gaat het veel beter met de verkoop! Dinsdag hadden we bijna evenveel in kas als Solstrålen rond lunchtijd! Samir was helemaal onder de indruk.'

Ik liep naast hem en vanbinnen er waren herinneringen die ik niet kan vertellen.

In de verte we zagen de bord van Nourdine glimmen in motregen. Hij stond een eindje voorbij de ingang van NK. Als je dichterbij kwam je kon lezen dat fish'n'chips negenenzeventig kronen kostten en garnalensalade met gepofte aardappel vijfenvijftig. In plaats van gewoon heen en weer te lopen en foldertjes uit te delen Nourdine speelde toneel om de mensen te laten reageren. Hij huppelde naar kinderwagen en deed net of die wagen een supermooi meisje was waar hij tegenaan wou lopen, hij kromp zo'n beetje in elkaar en streelde de wagen alsof hij een mannetjeskat was die een supermooie vrouwtjeskat wou versieren. Veel mensen bleven staan kijken naar zijn grappige toneelspel en sommigen lachten (op een leuke manier). Toen Nourdine sprong plotseling op, wees naar de restaurant en deelde foldertjes uit. Soms hij boog om applaus te krijgen. Als hij wilde laten zien dat de restaurant supergoed was hij vormde zijn wijsvinger en duim tot een rondje en gaf middenin een kus. De moeder, die naast de kinderwagen stond te roken, wilde eerst chagrijnig doen, maar kon zich niet goed houden toen ze zag hoe Nourdine de wagen op steeds onfatsoenlijker plaatsen bekrabbelde en ook zij nam een foldertje aan en lachte vriendelijk.

We staken de straat over en toen Nourdine ons zag hij veegde zijn voorhoofd af met een zakdoek en nam een pauze.

'Nou, wat vinden jullie ervan? Ik heb een beetje een moeilijk publiek, maar geef toe dat het een nieuwe aanpak is. Wat jullie net zagen, noem ik: *Wachten op de garnalensalade*. Nou?'

Papa lachte en hij zei dat het leuk was. Zelf ik kon alleen maar denken dat het raar was dat Nourdine, die op alle podia van de wereld Estragon had gespeeld en die Bergman heel veel inspiratie had gegeven, zich nu hiermee bezig moest houden. Maar ik zei natuurlijk dat ik blij was voor Nourdine. Toen we dag hadden gezegd hij ging weer verder met zijn straattheater.

Het restaurant lag in een zijstraat vlakbij. We kregen meteen een goed tafeltje en papa bestelde huiswijn. Tegen de serveerster hij vergat niet te verklaren dat wij daar alleen maar waren omdat ze zo'n fantastische reclameman op Hamngatan hadden staan. De meisje toonde niet echt belangstelling. Ze zette de broodmandje neer en zei dat we ons eten sneller konden krijgen als we dezelfde schotels kozen.

Onder het eten papa praatte een hele tijd over dat hij misschien goedkope partij petten uit Bromma gaat kopen en al een grote zak kerstmannetjes van pijpenragers had gekocht.

'Echt, Halim. Met Kerstmis komen de dames dat kopen.'

Ik liet hem hele tijd praten, want ik weet je kunt hem beter eerst alles van zich af laten praten. Daarna je kunt naar belangrijker dingen vragen. Het wordt ook gemakkelijker als hij door wijnfles nummer twee wat milder gestemd is geraakt. We waren net klaar met eten toen ik de eerste poging deed om van onderwerp te veranderen. Ik probeerde beetje over meisjes en liefde te kletsen, maar papa's blik was op weg naar fantasieland, daarom zei ik: 'Papa, luister je? Mag ik iets anders vragen? Wanneer ben jij opgehouden met moslim zijn?'

En eerst ik dacht ik had te weinig respect getoond, want papa's ogen werden strak en hij was opeens doodstil. Hij hield zijn tandenstoker hele poos op dezelfde plaats. Toen hij nam slok wijn en zeefde die door zijn tanden.

'Laat me het zo zeggen. Voor mij is godsdienst niet iets heel serieus. Ik heb gezien dat godsdienst te veel schade kan aanrichten. Maar ik bid wel, zoals je gezien hebt. Soms.'

'Maar niet bepaald iedere dag.'

'Niet zo vaak tegenwoordig. Eigenlijk alleen als ik ervoor in de stemming ben. Maar volgens mij gaat het daar nu juist om bij godsdienst. Dat je datgene doet waarbij je je het prettigst voelt. Er is een Zweedse dominee die het zo heeft gezegd: er ligt een brug tussen geloof en rust. In het Zweeds klinkt dat heel mooi: tussen geloof en rust ligt een brug.'

Papa schonk nog wat wijn in zijn glas en zijn ogen waren beetje vochtig.

'Godsdienst moet niet te belangrijk worden, weet je. De fundamentalisten zijn echt gek, dat weet je toch nog wel. Voor mij is godsdienst meer een manier om rust te bereiken, en...'

Papa dacht een hele poos na. Aan een andere tafel mensen zongen een verjaardagslied en riepen hoera.

'Nu ja, Allah is dan een soort architect van die brug en... hm... ja, als Allah de architect is, dan heeft iedere goede moslim de taak om zijn eigen brug te bouwen. Begrijp je?'

Hoewel ik het niet helemaal met hem eens was ik knikte toch, want het was zo'n ontzettend supergoed gevoel dat papa voor het eerst in lange tijd echt met mij praatte. Een beetje alsof ik volwassen was. Bovendien hij gebruikte literair Arabisch en ik begreep bijna alles, omdat hij langzaam sprak met pauzes. Ik vroeg: 'Maar als Allah de architect is, wat doet Mohammed – vrede zij hem – dan?'

Papa rolde zijn snor en glimlachte.

'Nou, die is natuurlijk de aannemer van de brug, die loopt met een gele helm op de bouwplaats rond. Die houdt het werk in de gaten.'

We lachten en het was allemaal perfect. De punten van papa's snor wezen omhoog als de armen van een getackelde voetbalspeler. (Dit geweldige aforisme had ik al in de restaurant bedacht.) Papa schonk zorgvuldig de laatste wijn in zijn glas. Voordat we weggingen ik wilde het over het belangrijkste hebben.

'Maar papa. Is dat nou echt zo goed? Rust? Word je dan geen lafaard? *Geen bangerd*?'

'Nee, nee, Halim. Iedereen kan boos worden. Maar een leven in rust is echt niet gemakkelijk. Dat krijgen maar weinig mensen voor elkaar.'

Papa wenkte om de rekening en probeerde nog eens de wijnfles leeg te schenken. De rekening kwam en papa zat klaar met zijn stapeltje bankbiljetten.

'Ja, maar papa. Stel nou dat je kunt leren zwemmen.'

'Hè?'

'Zwemmen, over de rivier. Dat zou toch ontzettend mooi zijn?'

Toen papa zat daar met zijn stapeltje bankbiljetten voor zich op tafel en zijn lach vulde de hele restaurant en die lach was zo ontzettend warm en stond eindeloos ver af van de gelach van de leraren of de gelach in de overblijflokaal of van al die andere dingen die vals en schrijnend zijn. Dit is de lach die alles zacht maakt en ik lach ook, samen wij zitten daar in die ontzettend luxe restaurant midden in de stad te schateren van de lach en het is net als toen ik klein was en er misschien beetje ruzie met een vriendje was geweest, je weet wel, iemand doet lullig en je wilt je niet laten kennen, er komt ruzie, je vecht allebei tot je niet meer kan en na afloop de lucht is triest en dan iemand laat een scheet, je hoort allebei die knetterharde scheet en dan je probeert je samen rot te lachen, nooit meer op te houden met lachen, want je wil allebei voelen dat je eigenlijk nog steeds beste vriendjes bent, dus je lacht, want als je daar niet mee doorgaat het is alsof je in twee stukken wordt gescheurd, en alles om je heen wordt extra grappig, want je wil laten zien wat voor goeie vriendjes je eigenlijk bent. (Die ander zei daarnet misschien iets dat een splinter onder je nagel was en alles ijskoud maakte, maar toch, je lacht.)

Intussen de serveerster draaide ongeduldig rondjes om ons heen en de andere gasten keken geïrriteerd. Maar dat kon me niet schelen, want papa lachte plotseling weer als vroeger, met zijn hele gezicht en er was niet één rimpeltje te zien.

Op weg naar huis van metrohalte Zinkensdamm papa leunde op mij. Hij praatte met dikke tong en zei dat hij moest plassen voordat we thuis waren. Omdat het zo'n geweldige avond was geweest ik gaf hem zijn zin en bracht hem naar een paar struiken. Hij had zich de hele avond ingehouden, maar nu hij begon beetje Omar Khayyam te lallen.

'Soms... doet men wat wettig is en soms is men onwettig...

en… de, nee… ja, want zo zijn wij onder deze turkooizen hemel. Niet geheel en al muzelman. Maar slechts een weinig.'

In mijn hoofd ik hoorde alleen wat papa had gefluisterd toen de serveerster de rekening had meegenomen: 'Soms voel ik echt dat je mijn zoon bent.'

Ik wist niet waar ik moest kijken van trots en het was net of er niets veranderd was en of papa onder de buitenkant net zo was als vroeger. En dan het geeft niet dat hij op weg naar huis bijna omvalt of roept: 'Turkooizen? Helemaal niet, verdomme!' en kwaad naar de hemel bokst.

Ik lig dit in bed te schrijven. De matras wordt vet zanderig van mijn spijkerbroek. Net als je denkt dat alles goed loopt je krijgt spijt en je ziet dat alles steeds meer misgaat.

Het begon na school, toen ik in de keuken een oude Donald Duck-pocket zat te lezen die ik in de derde een keer van Juan heb geleend. Ik herinnerde me dat Juan vertelde dat Alonzo in zijn hele leven maar één boek had gelezen (*Jim en de Piraten Blom*). Toen hij later in de bovenbouw boekrecensies moest schrijven hij begon Donald Duck-pockets van Juan te lenen, schreef de verhalen over en verzon valse boektitels. Algauw de leraar kreeg argwaan, want hij had natuurlijk wel door dat er onmogelijk zoveel boeken kunnen zijn waarin de hoofdpersoon drie neefjes heeft en een supergierige oom en een familielid dat altijd geluk heeft. Terwijl ik aan de keukentafel zat ik herinnerde me hoe ik om Juans verhaal had gelachen, maar nu ik kon niet besluiten of ik het geloofde of niet.

Papa en Nourdine kwamen tegen zes uur thuis en ze leken allebei vrolijker dan anders. Terwijl ze de spullen uitpakten wilde ik de stemming nog beter maken en daarom ik vertaalde een mopje uit de Donald Duck-pocket in het Arabisch. (In plaats van de Duitser, de Noor en de Zweed nam ik een Tunesiër, een Marokkaan en een Algerijn.) Nourdine sloeg op zijn knieën van het lachen toen hij hoorde dat de Tunesiër en de Marokkaan naar buiten vluchtten omdat het varken een scheet liet, waarna het varken met zijn neus dichtgeknepen naar buiten kwam en zei: 'Die Algerijn heeft een scheet gelaten.' Papa pakte de snijplank en begon uien te schillen en paprika's schoon te maken. De olie knetterde in de bakpan en midden in de gesis papa wendde zich tot mij.

'Hé Halim, hoe gaat het trouwens met de vrouwen? Les femmes? *De vrouwen*?'

'Hoezo? Wat bedoel je?'

Waarschijnlijk hij heeft gemerkt dat ik meer parfum leen en preciezer ben met mijn kapsel. Papa glimlachte maar wat en knipoogde naar Nourdine.

'Wie is het? Vertel het maar. Liefde verbergen is even onmogelijk als rook verbergen in de woestijn.'

Ik zag in dat liegen niet ging, dus ik haalde de schooljaarboek uit mijn kamer en liet de foto van Marits klas zien. Nourdine zei dat ze mooi was en papa knikte en streek met duim en wijsvinger over zijn snor. Ik zei: 'Ze is niet zoals andere meisjes uit Söder en ik weet bijna zeker dat ze niet helemaal Zweeds is.' Ik voelde dat papa raar keek toen ik dat laatste zei. Toch ik kon niet ophouden over haar te praten. Ik vertelde heel lang over haar verlegenheid voor jongens en toen over de kantinecommissie, waar ze had laten zien dat we precies hetzelfde denken over schoolvergaderingen en integratie. Ik beschreef haar donkere krulhaar en haar omgeslagen sokken in haar gymschoenen en de gloss op haar lippen en haar lichtblauwe oogmake-up en de plekje van de pleister op haar ene arm en haar glimlach die is als de zon en haar ogen die zijn als die van Disney-meisjes. Soms papa viel me in de rede met een citaat van Khayyam, maar dat was niet zo storend, omdat ze allemaal over liefde gingen. Bijvoorbeeld hij zei dat iedere dag zonder liefde een verspilde dag is. Toen hij raakte beetje de draad kwijt en ik kon weer vertellen hoe Marit en ik iedere dag in de overblijflokaal heel lang naar elkaar keken. Ik zou net vertellen over haar trui waarin ze op Fairouz lijkt op een oude platenhoes, toen ik de Jaffa-sinaasappels in de fruitmand zag.

Papa zag mijn gezicht en probeerde meteen te verdedigen. 'Die andere waren oud en rot. Ze leken wel moes. En ik had geen zin om alleen voor sinaasappels naar de Vivo te gaan...'

Maar ik kon niet naar hem kijken. Halim ging meteen naar zijn kamer en moest heel veel moeite doen om de deur niet te verbrijzelen toen hij hem dichtsloeg. In de keuken Nourdine en papa praatten verder, maar wel met zachtere stemmen. Ik heb de hele avond in bed gelegen en bijna alleen maar aan Marit gedacht, MaritMaritMARIT.

MIJN LEVEN ZOU echt anders zijn zonder de liefde. Met de liefde je hebt van een heleboel andere gedachten geen last en je raakt ook in evenwicht. Maar er is ook een risico dat het ellendig pijn doet als Marit vergeet mij warme liefdesblik te schenken in de overblijflokaal. Beetje in filosofiewoorden gezegd: de liefde is mooi maar geeft ook vet veel risico, want als de meisje druk loopt te praten met een paar anderen en misschien tegen Stefan zegt dat hij mooie nieuwe kapsel heeft, dan gaat de pijn als vuur door je heen. En als Marit even later andere jongens uit haar chipszak laat eten, dan dat kan de laatste nagel aan je kist zijn, dus ik ging maar gauw de overblijflokaal uit voordat het allemaal te veel werd. Ze zei dat natuurlijk alleen om te laten zien hoe aardig ze is, want die krullen op Stefans meisjeskop zitten bijna nog net zo in de war als eerst. Plus hij speelt ook nog in de synthband van David en heeft holle Converse-schoenen en smalle strakke spijkerbroek.

Op weg naar huis ik wandelde een omweggetje door Tanto. In de volkstuinen de vijfenzestigplussers waren bezig alles klaar te maken voor de herfst met plastic zeilen over de grond en luiken voor de ramen van de huisjes. Opeens zonder waarschuwing de Tantoberg werd de Atlasberg en de camera zoomde in op de smeltwaterrivieren van de wintersneeuw en op de zandweggetje waarover wij met de kinderen op de achterbank aan komen rijden. Van boven af zie je al Marits sjaal door de raam naar buiten fladderen op de wind. Zij lijkt beetje op plaatje van klassieke Arabische filmster met grote zonnebril en supersexy lippen. Het is januari en de zon schijnt, maar het is niet zo warm en witte amandelbloesem steekt als stralende zonnetjes af tegen heerlijk groene oasen en bruine aarde. Eerst ik rij hard, want ik heb iedere bocht in mijn beenmerg, maar later als we papa's oude dorp naderen ik minder vaart en ik wijs naar amandelbomen en olijfbomen en alle kleine akkertjes en ik verklaar dat hier al sinds mensenheugenis mensen wonen. Marit en de kinderen zijn diep onder de indruk en ik kan antwoord geven op al hun vragen. Ik vertel ook: jullie opa, mijn vader dus, is hier opgegroeid, maar toen de Fransen hier een school bouwden stuurde zijn moeder hem naar Rabat, want ze wilde natuurlijk niet dat hij Frans zou worden. Dat was lang voor de bevrijdingsstrijd, toen nog niemand aan een staatsgreep dacht. In de dorp we worden verwelkomd als thuiskomende sultans en oude oma heeft een gezicht precies als Dalanda en zij organiseert natuurlijk een groot feest met lange tafels en al-mazat-menu enkel ter ere van ons.

Toen ik thuiskwam papa stond in de huiskamer met een bruisend hoofdpijntablet in een glas. Hij had de winkel zeker beetje vroeger gesloten en omdat ik beeldende vorming had gespijbeld we zouden eigenlijk geen van beiden thuis hebben moeten zijn. De vreemde lucht van gisteren kwam terug en we groetten alleen met een knikje. Er is nooit eerder zo'n stilte tussen ons geweest.

Ik hing mijn jack op, schopte mijn schoenen uit in de hal en op weg naar mijn kamer ik zag dat papa de Jaffa-stickertjes eraf had gepeuterd. Ik dacht: dat is valsheid, alsof je verf op steen spuit of parfum op een dode doet of de zeep uit de school-wc's weghaalt omdat iemand Arabische tags zet.

Ik at mijn tussendoortje op mijn kamer en uit de huiskamer er kwam geen enkel geluid. Toen ik mijn yoghurt en boterhammen op had ik sloop met de schaaltje naar de keuken. Ik liep net weer terug toen papa de wc uitkwam met de krant onder zijn arm en we botsten bijna tegen elkaar aan. Hij bekeek mij van onder tot boven en koos ervoor het lot te tarten.

'Halim, trouwens. Hier, neem een sinaasappel toe. Voordat ze oud worden.'

Eerst dacht ik dat ik het verkeerd verstond, hij meent het niet, hij maakt zeker grapje of hangt hij gewoon de clown uit? Ik deinsde terug voor papa die met een glimlach bij de aanrecht stond.

'Zeg, er zijn een heleboel sinaasappels. Neem er een.'

'Ik heb niet zo'n trek.'

'Kom nou, neem er een, ze zijn heel lekker. Kijk!'

Papa hield een sinaasappel omhoog en kneep erin alsof hij in spierballen kneep.

'Helemaal rijp!'

Toen dacht ik: nou, dan moet hij het zelf maar weten.

'Nee dank je. Ik heb namelijk nog wel wat trots in mijn lijf.'

Papa's gezicht werd donkerder en zijn wenkbrauwen vormden samen bijna één streep. Zijn kaken klemden zich op elkaar en bij zijn slapen er bonsde iets. Ik herinner me dat ik dacht: nu komt het, nu raakt zelfs papa zijn evenwicht kwijt. We staarden misschien vijf seconden lang naar elkaar; het leken wel vijf minuten. Toen hij draaide zich om naar de aanrecht en begon water te tappen. Van boosheid was niets te merken, in plaats daarvan het was alsof hij extra voorzichtig deed met de schaaltjes en de glazen. Maar de hele tijd ik zag dat zijn kaken bewogen. Het was alsof kleine extra spieren aan beide kanten van zijn kin lieten zien dat eigenlijk we waren dicht bij totale ruzie. Maar papa spoelde de vaat, rustig als de eerste de beste chirurg hij spoelde de bestek en hij spoot afwasmiddel in de water. Ik ging naar mijn kamer en de rest van de avond de stilte heeft zwaar in de lucht gehangen.

Vanochtend we hadden de tweede vergadering van de kantinecommissie en het gaf goed gevoel dat ik wist dat ik in dezelfde ruimte zou zijn als Marit. Deze keer het was ook beter, omdat we limonade en een broodje kregen. Helaas Marit ging op een plaats zitten waar het beetje moeilijk was om naar elkaar te kijken. Toch ik zag dat ze verlegen maar met liefde naar mij keek zodra ze binnen was.

De kantinedame had een houten hamertje gekregen en tikte op de tafel om de vergadering te openen. Sofie uit de achtste moest secretaresse zijn en de eerste punt was de vandalisme. Kennelijk een of andere gedachtesultan had twee juspakken laten exploderen en de ene machine moest misschien gerepareerd worden. Wie heeft hier iets over gehoord?

'We weten dat die dingen vroeg of laat uitkomen, heus. Als een van jullie er iets van weet, dan kun je het net zo goed zeggen. Nu meteen.'

Niemand begreep dat de jusexplosie iets te maken had met de allochtone talenonderwijs en ik zat met gezicht van steen tot ik Alex' blik voelde. Eén seconde ik liet mijn masker beetje vallen, maar keerde meteen weer terug naar mijn stenen gezicht. De enige die iets te zeggen had was Linn, die vond dat de jusmachines sowieso ingeruild moesten worden, omdat er iedere keer als je jus neemt een geluid van een scheet uit komt.

We gingen over op de volgende punt: de broodkwestie (alweer). Rechthoekig knäckebröd of gewoon brood of driehoekig brood of nog iets anders? Sibille zei dat niemand bij haar in de klas nog de gewone knäckebröd wilde. Iemand anders zei dat donker gewoon brood lekkerder is dan licht gewoon brood en Ahmed zei dat zijn klas vond dat er minstens één keer per week visburgers op tafel moesten komen. De hele tijd Sofie probeerde alles te noteren en ze riep dat iedereen langzamer moest praten. De kantinedame timmerde op tafel en zei dat we ons bij de onderwerp moesten houden, maar algauw er waren verschillende discussies tegelijk aan de gang. In de hoek een stel bovenbouwers regelden een eigen stemming waar uitkwam dat hachee en tomatensoep verboden moesten worden. Tegelijkertijd Peter riep dat de tl-buizen in de kantine slecht zijn voor je ogen en Anders zei dat Sibille iedere dag eigenlijk alleen maar worst op het menu wilde.

Niemand snapte volgens mij of Anders Sibille wilde pesten met haar naam, of dat ze zo'n geile meid is en juist daarom de commentaar was vet leuk en alle boys behalve Alex lachten en Sibille riep dat Anders iedere dag een worst in zijn reet moest stoppen en Alex hield Anders vast terwijl de kantinedame met de hamer ronde deuken in de tafel timmerde. Sofie zat te schrijven als een gek en was bijna in tranen.

Zo de vergadering ging ongeveer drie kwartier door. Marit en ik zeiden niets en dat gaf goed gevoel, want ik weet het is belangrijk voor meisjes dat je veel gemeen hebt, want dan je relatie is goed. De vergadering liep op niets uit, maar vlak voor de eind de kantinedame vertelde wat de resultaten van de andere groepen waren. Ze zei dat de bibliotheekcommissie had besloten dat er een abonnement moest komen op de *Darling* en dat de pestcommissie had besloten dat ze hun naam gingen veranderen in anti-pestcommissie.

'Zie je nu wel dat leerlingendemocratie werkt', de chef-kantinedame zei terwijl ze met de houten hamer zwaaide.

'Vergeet trouwens niet dat het vandaag politieke themadag is. In de lunchpauze kunnen jullie...'

Iedereen begreep dat de vergadering voorbij was en begon met papieren te ritselen en van zijn plaats op te staan. Alex keek naar mij (alsof het weer mijn schuld was dat we niets hadden bereikt).

In de lunchpauze ik liep langs de A-ingang om te kijken of ik de politici boven aan de trap kon zien. Ik had beetje gedacht dat ze allemaal grijs pak en stropdas aan zouden hebben en op bankmensen zouden lijken, maar ze zagen er meer uit als gewone mensen. Heleboel leerlingen en leraren draaiden om de tafels heen om vragen te stellen en folders mee te nemen, maar vooral om gratis snoep te krijgen en misschien ook gratis viltstiften.

In de hoek bij de trap een politicus stond achter een tafel met heleboel rode buttons en rode papieren met woorden als 'Nee tegen liberalisatie van de huren!' en 'Weg met de cijfers, iedereen geslaagd'. De politicus had een paardenstaartje en een puisterig gezicht en stond te praten met de halfbloedmeisje dat de nieuwe muzieklerares is sinds Svante weg is. Hij had geen pepermuntjes of toffees op zijn tafel, daarom hij had natuurlijk minder mensen.

Ik viel ze netjes in de rede: ik tikte de politicus op zijn schouder en vroeg naar hun plan om de emigranten uit de nood te redden. Eerst hij begreep het niet; hij begon over werkloosheid en segregatie.

Ik zuchtte en vertelde over de conflict over de schotelantennes. Maar ik vergat dat hij politicus was en hij moest er natuurlijk om lachen.

'Noem je dat een ramp? Dat jullie die schotelantennes weg moeten halen? Mij lijkt het eerder wel goed voor de integratie als...'

Toen het ging te snel en zoals gewoonlijk het kwam door zijn lach, vooral toen de muzieklerares hem ging na-apen en iedereen om ons heen het misschien hoorde. Ik pakte de rand van de tafel, eigenlijk ik wilde gewoon beetje houvast en beetje evenwicht terugvinden, misschien alleen beetje schudden. Maar de tafel viel per ongeluk om en rode buttons en papieren en foldertjes kwamen op de grond terecht en de paardenstaartventje viel ook bijna om. Vlak voordat ik me omdraaide en naar de kluisjes ging ik dacht: de tafel lijkt op gedood dier zoals hij lag met de poten in de lucht en de rode kleed helemaal eronder geklemd.

Na de pauze ik ging weg en later ik ging gewoon verder en zoals ik schrijf en meestal nog een keer schrijf en ik want ik moet er uitzien alsof ik bezig ben hallo en, zoiets verder beetje zei als niemand, hoewel toch merkt want alles is als alles maar niemand weet dat het is verder.

Sorry, vreemde tekst, maar ik werd gestoord, want papa kwam net binnendansen. Hij had trechtertje gerold van de totoformuliertje en riep: 'Nu gaat het gebeuren, als Aston Villa verliest, kunnen we dit ook met briefjes van honderd doen.' Papa deed alsof hij rookte en kringetjes naar de plafond blies. Ik schreef verder om te laten zien dat ik aan mijn huiswerk bezig was, maar papa bleef. Hij ging op bed zitten, met zijn hoofd tegen de muur, en bekeek de foto met koning Hassan II.

En nu, op deze moment, hij zit daar nog steeds. Hij slaapt. Hij ruikt naar parfum en nog iets anders en je kunt iedere ademhaling duidelijk horen. Eerst hij mompelde nog een heleboel: 'Ik weet wat ze over de taal zeggen... maar begrijp nou toch dat Zweeds het belangrijkste is... kijk naar mij... ik weet wat er gebeurt als je de taal niet spreekt...'

Ik negeerde hem, maar zijn mond ging gewoon door.

'Als je niet perfect Zweeds spreekt, word je net als Nourdine of zoals die neef van Samir... je wordt een echte gangster, een misdadiger... je komt aan de kant te staan, net als de keeper van Glasgow die bij iedere wedstrijd alleen maar op het bankje zit... hmm, zo is het... ik geloof niet dat die Fin ooit één wedstrijd heeft gespeeld voor Glasgow… hij zit alleen maar op die bank te wachten… en te wachten. Maar zo is het leven… dat heb ik geleerd. Soms ben je nodig en soms ben je overbodig… en zit je te wachten…'

Toen hij hield eindelijk zijn mond en nu hij zit met zijn kin op zijn borst gedrukt. In zijn ene hand ligt nog de opgerolde totoformulier en hij snurkt ongeveer om de drie ademhalingen. Hij zit al een hele tijd zo. Straks ik stop met schrijven en ik breng hem naar bed. Straks.

Nu.

Ik heb papa beloofd te helpen met het prijzen van de maskeradebrillen met snor, maar eerst ik moet een pauze nemen om te vertellen wat er gisteren is gebeurd.

's Middags ik stond paar uur alleen achter de kassa, omdat papa weg was voor een zakelijk gesprek met Samir. Kennelijk Samirs ex-vrouw is van gedachte veranderd en zij vindt het nu oké dat hun dochters Samir zien, op voorwaarde dat hij eerlijk aan zijn geld komt en ze meeneemt op zonvakantie. Samir is beetje depressief en zit krap en daarom papa gaat hem misschien wat lenen als dank voor Samirs hulp aan Nourdine. In ruil Samir heeft goede rente beloofd en gratis oude films, die papa in de winkel kan verkopen. Zo gaat dat bij ons: de handen wassen elkaar en iedereen verdient er uiteindelijk aan.

In de winkel alles was rustig. Een paar kinderen kochten fluitlolly's en een oudere vrouw kocht drie dezelfde pannenlappen. Ze was vet praatziek en vertelde over haar kinderen, die door de regenwoud in Brazilië reisden om de indianen over te halen de bomen te laten staan.

Eerst het was wel beetje boeiend, maar ik werd het zat. Toch ik liet haar kletsen, want ik had mijn boek van maatschappijleer voor me liggen en kon lezen als ik maar af en toe 'hm' zei zodat ze dacht dat ik luisterde. Na een minuut of tien gekletst te hebben ze zei gedag, maar ze vergat natuurlijk de pannenlappen op de toonbank, dus ik liep haar achterna en legde ze in de mand van haar rollator.

Misschien er was een halfuur voorbijgegaan toen er een vrouw binnenkwam, die in plaats van naar spullen te kijken direct naar de kassa kwam.

'Hallo. Hoe lang denken jullie die fiets daar nog te laten staan?'

Hoewel ze beetje oud was met rimpeltjes bij haar ogen ik zag dat ze mooi moest zijn geweest toen ze jong was. Koolzwart haar met pony en dure make-up en onder een beige mantel ze had zo'n vrouwenpak aan zoals de meisjes in Amerikaanse advocatenseries altijd dragen.

'Ik heb net een familielid bezocht in de verzorgingsflat hier. Zij zit in een rolstoel en ze zei dat het heel moeilijk is om over deze stoep te rijden, omdat die reclamefiets van jullie er staat. Je weet toch dat je een vergunning moet hebben voor zo'n bord?'

Ik dacht ze probeert te verbergen, maar ze verraadt zich aan kleine woordjes en aan haar accent. Ik dacht dat ze Libanese was, misschien Jordanese, maar ze kon ook een Iraanse zijn (maar dat was minder waarschijnlijk).

'Natuurlijk, we hebben alle vergunningen', zei ik. 'Mijn vader heeft alle papieren, hij is er nu even niet, misschien komt hij later nog. Komt u straks nog maar eens praten met Otman. Dan zult u zien dat wij legaal zijn.'

Haar gezicht veranderde van boos in nieuwsgierig en ze dacht lang na voordat ze weer iets zei. (Nu ze praatte Arabisch.)

'Otman, zeg je. Toch niet Otman el Boustani, hè? Heet jij El Boustani van je achternaam?'

Ik werd onmiddellijk beetje achterdochtig en dacht: straks ze komt die vergunningen nog controleren. Maar toen ik knikte ze werd ontzettend blij. Ze holde om de toonbank heen voor echte begroeting met kus op mijn wang en alles en ze vertelde ondertussen dat ze een oude vriendin van mijn ouders was en dat we vroeger in Skärholmen buren waren geweest.

'Kun je je mij niet meer herinneren? Nadja? Jij was toch al een jaar of zes, zeven, toen wij met elkaar omgingen. Je was heel lief, ik weet nog dat je die koekjes, wat waren het ook alweer, chocoladecrèmekoekjes, ontzettend lekker vond. Als we met elkaar afspraken, kocht Otman altijd koekjes voor je, die je dan onder de tafel in het café zat op te peuzelen. Weet je dat niet meer? Als je geen chocoladecrèmekoekjes kreeg, kwam er van de afspraak niets terecht!'

Ze lachte en aaide over mijn wang.

'En mijn zoon, herinner je je die nog? Die is wel een paar jaar ouder dan jij. Jullie hadden altijd ruzie, jullie tweeën. Altijd kwam er wel eentje huilend aanzetten. "Buhaa, Fadi heeft mijn legomannetje afgepakt", en een minuut later "buhaa, Halim heeft mijn playmobilmantel afgepakt". Haha, net twee broertjes...'

Vreemd genoeg had ik helemaal geen herinneringen aan haar of haar zoon. Toch ik zei dat ik het me herinnerde en Nadja werd nog vrolijker.

'Dacht ik het niet! We moeten weer eens met zijn allen afspreken. Fadi is net terug uit Berlijn en vindt het vast ontzettend leuk om jullie weer te zien.'

Toen het was alsof haar glimlach verstijfde en opgeverfd was. Ze vroeg een beetje rustiger hoe papa het tegenwoordig maakte.

Ik zei dat het goed met hem ging en vertelde dat hij nog steeds aan de strijd meedeed en nieuwe organisaties had voor Palestina en ook tegen de Integratieplan demonstreerde. Nadja keek weer vrolijker en ik ging verder. Ik vertelde dat papa bezig was aan een boek dat alles over Sharon zou onthullen en zelfs ik zei per ongeluk dat hij tegenwoordig Zweedse politici kent die hebben beloofd een vette boycot te beginnen tegen Jaffa-sinaasappels, bij wijze van wraak voor alle moordpartijen op de Westoever.

Ze geloofde het waarschijnlijk allemaal en leek diep onder de indruk.

'Otman is altijd een strijder geweest', zei ze en ik voelde de trots en hoorde de echo vanbinnen. Altijd een strijder geweest.

Toen ze keek op haar horloge en had opeens haast. Ze liet een visitekaartje van haar verzekeringsmaatschappij achter op de toonbank en zei dat papa zo snel mogelijk moest bellen.

'Ik zit zelf ook in een heleboel projecten en we zouden Otmans hulp prima kunnen gebruiken. We demonstreren morgen in de binnenstad. Zeg tegen Otman dat hij langs moet komen. Iedereen mist hem.'

Ik heb beetje spijt dat ik zei dat papa met al die dingen bezig is. Nu het is beetje raar als hij belt en zij snapt dat hij veranderd is.

VANDAAG IK HEB papa voor het eten bij de winkel opgehaald. We hebben de Pokémon-machine naar binnen gesjouwd, de lamp uitgedaan, de kas verstopt en ik heb de nieuwe viltstift mijn zak in gesmokkeld. Toen de boel op slot was en alle lichten uit waren we gingen boodschappen doen. We kochten alle zware dingen die je maar af en toe koopt, plus dat ik papa overhaalde om nieuw soort ijs te proberen met chocolade- en marshmallowsmaak.

Na de boodschappen we gingen naar Solstrålen om een film te huren. Voordat we er waren papa zei dat ik niets over de lening moest vragen, want Samir schaamt zich kennelijk beetje voor zulk soort dingen. Toen we over de drempel stapten het elektrische signaal piepte, maar Samir keek niet achter zijn krant vandaan. Hij had zijn badslippers uitgedaan en zat met zijn voeten op het krukje naast de toonbank. Onder zijn ene voet zaten soort wratten met losgeraakte huid.

'Samir, mijn goede collega en vriend. Hoe gaan de zaken? Hebben jullie ook veel klanten gehad vandaag? Allah zij geprezen voor dit natte weer, ja toch?'

Samir gromde een groet.

'En wat kun je aanbevelen uit je overvloedige aanbod voor een heerlijke avond als deze?'

Na een dag met Zweedse klanten papa moet altijd om te beginnen beetje plechtig praten. Samir legde zijn krant opzij en slaakte ontzettend diepe zucht. Onder zijn ogen hij had soort zwarte zakjes en zijn bedrijfsoverhemd met de Transfer-logo was wel pas gewassen, maar je kon zien dat die paar maten te klein was en te strak zat. Samir bladerde tussen de films die net teruggebracht waren.

'Hier heb je een klassieker. *Stop! Or My Mom Will Shoot.* Stallone.'

Papa pakte de doosje op en vergeleek die met de Franse film die hij in de action-kast had gevonden.

'Ik dacht er eigenlijk over deze te nemen, heb je die gezien? *La Haine*? Of heb je *The Matrix* in huis? Die heeft Nourdine aanbevolen.'

Samir leunde achterover en krabde zijn piemel als enige antwoord.

'Goed, oké dan. We nemen deze. *La Haine*, graag.'

Samir trakteerde op de film en hij gaf ook gratis pak Pringles. Op weg naar huis ik droeg de zwaarste tassen en ik redde het net zonder hulp.

'Hoe zit het met die lening?' ik vroeg papa. 'Hebben jullie iets afgesproken?'

'Afgesproken?'

'Over die lening, ja. Aan Samir.'

'Geen commentaar.'

Papa glimlachte als een volleerde politicus en begon hardop voor te lezen wat er op de filmdoosje stond. Hij raakte de draad kwijt toen we langs café Stuken kwamen, want Nourdine zat binnen en tikte hard op de ruit, zodat die er bijna uit viel. Papa glimlachte, maar alleen met zijn mond en hij beloofde dat hij een week lang zou afwassen als ik even mee naar binnen ging.

'Hoor eens, je moet even mee. Anders kom ik hier niet weg.'

Ik liep mee en het was fijn om de tassen neer te zetten en de dorst te lessen. Nourdine zat achter een bijna leeg glas en er stond een vulkaanasbak op tafel. Zijn spijkerjack had een donkerder kleur dan zijn versleten spijkerbroek en er was iets met Nourdines gezicht dat zei dat het niet helemaal goed met hem ging, misschien het was ongeschoren. Toen de serveerster twee biertjes en een flesje cola bracht, Nourdine vroeg met spitse stem: 'Ben je niet met Kerstin?' Papa nam alleen een slokje bier en gaf geen antwoord.

Nourdine stak nieuwe sigaret op en blies rookwolken uit als een draak. Toen hij vertelde dat hij ontslagen was bij de restaurant.

'Of nee, niet ontslagen, ze zeiden eigenlijk dat ik wel mocht blijven als ik maar stopte met mijn "spektakel". Maar ik heb geen zin om alleen maar foldertjes uit te staan delen als de eerste de beste sukkel. Ik heb voor volle theaters gestaan in oost en west! Bergman heeft mij persoonlijk bedankt!'

Aan Nourdines toon je kon onmiddellijk horen dat het tijd was voor beetje theater. Zijn rechterhand hield hij uitgestoken alsof hij wilde voelen of het regende en hij riep een citaat in het Engels over dat het leven zo ontzettend zwaar was, dat het wachten zo lang duurde en dat God vriendelijker zou moeten zijn.

Papa dronk zijn biertje vlug op en na paar troostende woorden hij zei dat we moesten gaan, anders zou het eten bederven en het ijs gesmolten zijn. Een paar keer vroeg papa of Nourdine niet mee wilde, maar Nourdine weigerde. Hij hield een arm om papa's schouder om rechtop te blijven staan en zei in adellijk Engels dat hij en papa misschien niet gemaakt waren om dezelfde wegen te gaan en dat niets in dit leven zeker was.

Toen papa werd het zat, pakte zijn tas en liep naar de deur. Nourdine verdween naar de bar om een paar citaten op te zeggen voor de serveerster, die beetje lijkt op een juf die ik had in de kinderdagverblijf in Skärholmen. Op weg naar huis papa zei dat hij zich zorgen maakt om Nourdine.

In plaats van naar de film te kijken papa vulde bestellijsten in en zette kruisjes in bestelcatalogi van de firma's die de dansende plastic bloemen maken met zonnebrillen en elektrische gitaren. Ik bespiedde hem een poosje vanuit mijn kamer. Soms hij legde pen neer en keek voor zich uit in de lucht en dan het was alsof hij de tijd vergat. De langste keer hij zat misschien drie minuten zo, doodstil, hij keek naar iets in de kamer wat er niet was en werd toen met een schokje wakker, alsof iemand hem wakker maakte. Hij deed zijn bril af, ademde erop en poetste de glazen zorgvuldig. Daarna hij boog zijn gezicht weer over de catalogi.

3

Niemand steekt spaak in de wiel van de strijder

De laatste weken ik heb best veel gefilosofeerd over Allah en het lot en het leven en dergelijke. Vooral na de bezoek aan de restaurant met papa ik heb geprobeerd een theorie te vinden over de samenhang van alles. Er zijn zoveel dingen die niet helemaal samengaan met Allah. Hoe alle dingen in de wereld zo los en onzeker kunnen hangen is het moeilijkst te begrijpen. Bijvoorbeeld als je een bepaalde straat uitkiest om doorheen te lopen er gebeurt één ding, maar als je een andere weg had gekozen en naar een park was gegaan er was misschien wel een supergeweldige meisje naar je toe gekomen om met je te frisbeeën. Of als de vliegtuig uit Malmö niet vol was geweest, dan Samir had de trein niet genomen en hij was niet naast die rare vent komen zitten die hij nog van vroeger kende en die hem naar die winkel met zilveren bestek meenam, en dan hij had niet naar de gevangenis gehoeven en hij had zijn restaurant, zijn minnares en zijn gezin nog gehad. Als alles gewoon maar toeval is, hoe machtig is Allah dan?

Maar oké, we kunnen zeggen Allah is degene die het toeval aan de riem houdt en op die manier heeft hij het lot van iedereen onder controle. Maar waarom dan hij laat kinderen doodschieten in Palestina en dwingt de negers in Afrika te verhongeren en geeft mensen een duw zodat ze in aardbevingsspleten of vulkanen vallen? Waarom hij laat Nourdine geen echte toneelrol krijgen, terwijl je toch zo ziet dat Nourdine binnenkort de moed verliest en nooit meer een rol zal vinden? Misschien we kunnen concluderen dat Allah ofwel vet onmachtig is, ofwel een god is zonder hart.

Het kwam waarschijnlijk door overdosis filosofiegedachten dat ik vannacht een ontzettend rare droom had. Het begon ermee dat ik sandalen aan had en alleen dat is al raar, want sandalen zijn ongeveer even homoachtig als Labello en kappers. Er gebeurden ook heleboel andere rare dingen, onder andere ik kwam twee sprekende eenden tegen die domino speelden. Maar het belangrijkste komt nog: die eenden begonnen ruzie met elkaar te maken over wie de beste eend was en ze trokken allebei een katapult onder hun vleugel vandaan en toen zweefde een andere eend met mij en mijn sandalen weg. We vlogen helemaal naar de goden die op de wolken naar Discovery zaten te kijken. We begroetten elkaar en ze trakteerden mij op popcorn uit de magnetron en ze waren heel aardig. Toen ik en de eend naar onze eigen wolk doorvlogen de eend vertelde dat er eigenlijk niet één god is, er zijn er minstens vijf. Vier van hen zijn precies zoals je denkt dat goden horen te zijn, je weet wel, ze zitten met grote witte baarden op de wolken te chillen en ze zien alles en ze horen alles. Hun belangrijkste taak is dat ze de mensen op hun plaats moeten houden, aan de riem moeten houden, zodat de mensen begrijpen dat ze niet net zo geweldig zijn als goden. Dat is hun doel ja, dat mensen dat niet moeten geloven, want dan wij worden slechter en zwakker en reduceren onze eigen macht bijna tot nul (of tot onder nul). Daarom de goden sturen beetje aardbevingen en orkanen en daarom ze laten de volkeren die vanbinnen het machtigst zijn aan de buitenkant het meest lijden. Maar ja, er is ook nog een vijfde god. Die staat beetje buiten die anderen en ze kletsen vaak achter zijn rug (maar daar hij trekt zich natuurlijk niets van aan). Het vreemde met die vijfde god is dat hij sigaren rookt, plus dat hij zo'n rode clownsneus heeft (ik denk om de anderen te ergeren). Die Roodneus maakt de hele tijd problemen met de anderen, want hij heeft doelen die dwars tegen de doelen van die anderen ingaan: hij wil dat de mensen begrijpen dat zij het machtigst zijn. Daarom hij zorgt de hele tijd dat het levenslot van de mensen zo is dat ze hulp krijgen van het toeval. Op die manier ze kunnen gaan denken: alles is toch niet zo slecht, misschien het is niet allemaal waardeloos, want het toeval lijkt nu aan mijn kant te staan. Maar de probleem is natuurlijk dat die andere goden de mensen onmiddellijk gaan onderdrukken en sterfgevallen op hen afsturen, in het bijzonder ongeneeslijke ziekten aan moeders, zodat de mensen weer gaan denken dat alles waardeloos en slecht is.

De eend zei dat die strijd de hele tijd doorgaat en soms het lukt Roodneus beetje te smokkelen met gebeurtenissen, bijvoorbeeld je kunt zien dat hij het was die Dalanda stuurde om in de zomervakantie met mij te gaan praten, zodat ik alles van de strijd zou begrijpen. Vervolgens hij zette mij en Marit allebei in de kantinecommissie, omdat hij mij de kracht van de liefde wilde leren. En nu hij heeft geregeld dat Nadja de winkel in kwam, zodat ik werkelijk zou begrijpen dat papa een strijder is geweest.

's Morgens ik werd wakker met mijn hoofd vol suizebollingen. De gedraai hield algauw op en ik dacht: wat een mooie droom. Ik denk dat de andere goden succes hebben bij papa, want op deze moment zijn geloof is bijna onder nul. Toch ik geloof niet dat Roodneus zo gemakkelijk te verslaan is.

Misschien ik ben de enige in de hele wereld die niet vals speelt. Vandaag er ging een gerucht door de school dat Nicole de laatste weken afwezig was omdat ze had geprobeerd zelfmoord te plegen met tabletten. Kennelijk ze zou zijn doodgegaan als haar ouders op weg naar hun zomerhuisje niet bijna op een ree waren gebotst en nog net op tijd weer thuis waren om haar in allerijl bij de buurman te brengen, die dokter is en haar de tabletten weer heeft laten uitbraken.

Iedereen die de gerucht hoorde, flipte en een paar meisjes probeerden bijna te gaan huilen. (Moet bekennen dat Marit was een van hen.) De jongens, behalve Mårten, waren toch wel beetje minder vals, dus wij gingen gewoon door met biljarten. Het vreemde is dat het vooral de meisjes waren die altijd problemen maakten met Nicole en die in de wc hadden geschreven dat ze een hoer is en zo lelijk als een mee-eter.

Ik kwam in de zevende op mijn nieuwe school en ik herinner me dat ik echt geknakt was dat ik uit Skärholmen weg moest, ook al had ik daar niet zoveel vrienden. In Skärholmen het was anders, het was meer natuurlijk dat ik eenzaam was. Iedereen begreep het, want ik was beetje verlegen, ik wilde niet graag buiten spelen en vechten en ze zeiden wel eens dat ik een sukkel was, maar ze zeiden het met respect in hun stem want ik was goed op school, mijn rapporten waren hoger dan gemiddeld, ik haalde geen onvoldoendes en ze wisten dat. Maar ik weet nog goed, ik kwam hier in de zevende en de problemen begonnen meteen, vooral omdat ik al die valsheid niet kon verdragen. Ik voelde er was iets wat hun niet beviel, er kwam rottigheid en daarna het was te laat om nog opnieuw te beginnen. Ik weet nog speciaal dat Sebastian en die andere fucklui mij altijd pestten en soms ze probeerden me in de wc te duwen en andere dingen te doen, alleen maar omdat ze zeiden dat ik een opschepper was.

Ik weet nog dat niemand het zag, ik weet dat niemand iets deed, maar ik weet ook dat de enige die met mij praatte dat was Nicole. Zij praatte over vet rare dingen: engelen en sterrenbeelden en waardeloze punkbandjes, maar goed, zij praatte. En ik herinner me een andere keer ergens in de zevende, toen het mijn beurt was om koekjes voor de klas mee te nemen voor de ontmoetingsuur, dat die fucking Carin toen niet op mij vertrouwde en vroeg of ik hulp nodig had met bakken. Ik ontkende glashard en ik denk dat zij toen al is begonnen mij te haten. Papa hielp mij op een middag om kleverige baklava te maken. Iedereen in de klas kreeg een stuk en iedereen zei dat het lekker en exotisch was. De hele tijd ik zat vrolijk te denken aan de dag ervoor, dat ik spuug had opgespaard in de plantenspuit en daarmee de baklava had bespoten. Er kwam soort spuugwolk uit, de vocht werd opgezogen en nu zaten ze mijn spuug te eten en dat was ontzettend fijn gevoel. Maar in een van de grote dozen ik had onbespoten baklava gelegd en Nicole kreeg er zo een, ook al was ze lelijk, want op de een of andere manier ik kon haar niet zo'n misbaksel vinden als ze eigenlijk was. Behalve Nicole alleen Anna en Jessica kregen mooie baklava, want in het begin ik was beetje in hen geïnteresseerd.

Na school ik zat in de keuken te denken hoe we Nourdine zouden kunnen helpen. Ik kreeg opeens supergoed idee. Ik ruimde gauw de tafel af en deed in de hal mijn schoenen aan. In de trappenhuis ik ging naar de deur van Bengt Magnusson en luisterde aan de brievenbus. Het klonk alsof er niemand thuis was, maar ik belde toch aan. Boven iemand gooide een zakje vuilnis in de stortkoker, het klinkklongde en ik herinnerde me dat Juan en ik vroeger in de hele trappenhuis belletje trokken; eerst met de lift helemaal naar boven en dan alle trappen af rennen en bij alle deuren aanbellen (behalve waar een sticker zat met een hond). Alles werd weer stil. Ik deed nog een poging, drukte op de bel en wachtte. Ik bedacht hoe Bengt zou opendoen; hij zou verbaasd staan kijken met schort voor en met ontzettend schorre stem zoals gewoonlijk, en hij zou vet aardig zijn en 'kom toch binnen' zeggen en thee met koekjes aanbieden. Ik zou hem over Nourdine vertellen en verklaren dat je toneelrollen kreeg als je contacten had, en hij zou lang nadenken, langzaam slokjes thee nemen en dan hij zou zeggen dat hij even een paar mensen moest bellen. Ik zou blijven zitten, wat hapjes van een koekje nemen, en hij zou terugkomen en vertellen dat hij even had gebeld met zijn contacten bij de tv. Misschien zou hij Bergman hebben gebeld of Agneta Sjödin of iemand anders.

'Maak je maar geen zorgen. Nourdine heeft binnen twee weken werk als toneelspeler.'

Dat zou hij zeggen. En ik zou hem bedanken voor zijn hulp, maar Bengt zou alleen maar antwoorden: 'Geen dank. We hebben lang naar iemand als Nourdine gezocht.'

Maar niemand deed open. En ik dacht: Bengt staat misschien wel achter de deur door de kijkgaatje beetje naar mij te loeren en mij uit te lachen. Daarom deed ik de brievenbus open om te kijken, maar het enige wat ik zag, was een mat, beetje reclamefolders en stukje houten vloer. Er trok warme lucht door de spleet die naar rook stonk, net als Nourdine.

Ik liet de brievenbus los, deed stap terug, nam een mega-aanloop en gaf een keiharde flykick recht tegen de brievenbus. De naambordje kreeg een deuk en liet beetje los bij de hoek. Ik ging snel weer naar onze eigen flat en deed de deur op de nachtslot, zodat het leek of niemand thuis was.

Vandaag met Zweeds hadden we vrij lezen en ik had geen boek, dus Björkman zei dat ik er een uit zijn kast mocht kiezen. Eerst ik wilde protesteren toen ik zag dat er geen Arabische schrijver was, maar toen ik merkte dat je de lokaal uit mocht als je een boek had, dus ik nam gewoon de boek aan die Björkman naar me uitstak.

'Dit past wel bij jou, denk ik', zei hij terwijl hij voldaan in zijn baard krabde.

Toen ik naar de schoolplein ging ik ontdekte dat de boek ontzettend homoroze was en ik maakte me zorgen dat Björkman misschien wel dacht dat ik een homo was. Maar gelukkig de boeknaam klonk niet zo erg als een homoboek: *Papaya kweken in Österlen – negentien schrijvers over culturele identiteit.* Op de achterkant stond: 'Pssst! Hé daar! Ja, jíj... Dit boek gaat over ons. Wij die uit een ander land naar Zweden kwamen toen wij nog klein waren, en wij die hier geboren zijn uit geïmmigreerde ouders.'

Ik dacht het moet teken zijn van de roodneusgod dat ik deze boek moet lezen. Omdat er niemand op de schoolplein was ik trok me niets van aan dat het er beetje stom uitzag dat ik in een van de schommels bij de zandbak ging zitten. De boek had heleboel delen en bij ieder deel stond aparte foto van de schrijver, maar bijna iedereen kwam uit Europa en er was geen Arabier bij!

Eén vent heette Måns, hij zag eruit als een klassieke Zwedo. In de beschrijving er stond dat hij Zweedse vader had en Noorse moeder. Hier staat wat Måns in de boek schreef (ik heb de echte tekst ingeplakt als bewijs):

> Zolang als ik me, zonder therapie, kan herinneren heb ik geweten dat ik half Noors was. Ik ben half Noors en niet half Zweeds, omdat ik in Zweden woon. Zweeds zijn was niet belangrijk, het was gewoon vanzelfsprekend, omdat zoveel anderen ook Zweeds waren. Noorwegen ligt niet ver weg, niet wat de taal betreft, niet wat de godsdienst betreft, en ook niet in cultureel of geografisch opzicht. Maar het is wel een ander land.

Beetje later Måns begint over zijn vrienden en dan hij krijgt echt last van complete paranoia.

> We hadden gemeenschappelijke belangen en spraken dezelfde taal, en we waren allemaal iets half. Niet dat we daar speciaal veel over spraken, maar misschien had de nabije ervaring van het Andere gelijksoortige sporen in ons achtergelaten. Als dat zo was, denk ik dat het misschien te maken heeft met de manier waarop we de buitenwereld tegemoettraden. Dat we zo vroeg gewend waren aan meer talen en levensstijlen maakt misschien dat we bereidwilliger zijn om onze vooroordelen te toetsen. Opgroeien met een ouder uit een ander land maakt ook dat je je hele kindertijd eraan herinnerd wordt dat je anders bent, ook al wijk je niet heel erg af van je nabije omgeving. 'Je moeder is Noorse, hè?'

Terwijl ik las ik voelde de chaos als bouwmachines door mijn hele lichaam bonzen, mijn spieren spanden zich en mijn ogen werden beetje droog, want je vergeet gewoon te knipperen als je zo pissig wordt over Måns de Noor die denkt dat hij het zo goed weet maar die er eigenlijk geen flikker van afweet. Een paar keer ik dacht: dit is mooi, dit is ontzettend ironisch, het kan gewoon niet serieus bedoeld zijn, maar ten slotte ik begreep dat Måns eerlijk was. Toen ik heb onmiddellijk de bladzijden van Måns uitgescheurd en bij Göran in de kiosk ik ben lucifers gaan bietsen.

Bij de slagboom ik speurde de omgeving af en ging aan de slag. De eerste keer mislukte: de roze homokleur was alleen beetje bruin geworden en hier en daar beetje zwart. Maar de tweede keer ik gebruikte alle lucifers die over waren en de fik kwam op gang. Omdat het bijna niet waaide de rook steeg recht omhoog als donkere strepen. Dat gaf goed gevoel en beetje plechtigheid en iets binnen in mij wilde losdansen, om de rokende prullenbak heen huppelen en roepen en daarbij ik had op mijn mond willen slaan als echte indiaan. Maar ik deed het niet, ik bleef stil staan tot de rook en de geknetter van de vuurtje afgelopen waren.

Toen ik hoorde iemand aankomen uit de richting van de kiosk. In plaats van Curre het was Alex die een controleronde liep. Hij gebruikte zijn vermoeide stem met beetje teleurstellingskruiden: 'Halim. You know the drill. Terug naar het schoolterrein.'

Hij wenkte mij naar school en ik liep vlug achter hem aan, zodat hij niet in de prullenbak zou kijken. Toen hij zich omdraaide ik stopte de uitgescheurde bladzijden dieper weg in mijn broekzak.

'Vind je dat nou leuk? Om de hele tijd dwars te lopen doen?'

Ik gaf natuurlijk geen antwoord maar schopte alleen maar zand op met mijn zolen.

'Ik snap niet waarom je nou net daar moet rondhangen. Is dat alleen maar omdat het niet mag?'

'Ik zweer dat jij niet weet wie daar vlakbij een studio in de kelder heeft.'

'Een studio? Nee, dat weet ik niet. En het kan me niet schelen ook.'

‘Een superbekende bassist, Morris heet hij, hij heeft met de beste artiesten samengespeeld. Een keer met Abba, en een keer met Bob Marley. En met Magnus Uggla.’

‘Het zal wel. Superbekend dus. Schiet een beetje op, anders komen we te laat.’

‘Hij heeft in elk geval veel meer cd’s verkocht dan die stomme Magda, schijnt het.’

Alex draaide zich om en het was beetje alsof ik had gezegd dat zijn moeder naar drank ruikt en verliefd is op Bert Karlsson.

‘Hoe kun jij dat nou weten, verdomme?’

‘Jij zei toch dat zij de nieuwe Petter zou worden, maar kijk nou wat er gebeurd is, man. Waar is ze gebleven?’

‘Dat komt allemaal nog wel. Er is een beetje gedoe over de contracten. Die plaat kan ieder moment uitkomen.’

‘Kan uitkomen? Eerst je zei dat hij al uit was en nu je weet niet eens...’

‘Zo is het wel genoeg! Hoor je! Schiet op.’

Ik begreep dat ik een teer punt had geraakt en dropte de onderwerp.

Heb maar heel even tijd om te schrijven. In de lunchpauze vandaag ik hing in de overblijflokaal omdat ik Hristo nergens zag. Marit zat met Anna en Jessica op de bank en toen Stefan met hen praatte ik stond vlakbij, maar ik concentreerde me op de biljart, dus ze zagen niet dat ik luisterde. Stefan zei dat hij en David aanstaande donderdag een groot feest organiseren omdat we vrijdag kunnen uitslapen en Davids ouders weg zijn. De feest is omdat David jarig is, maar ook om de herfstvakantie te vieren en de stemming na die gerucht over Nicole beetje te verbeteren. Ik vind het klinkt vreemd dat je feest gaat vieren als iemand zelfmoordpoging heeft gedaan (ook al vindt iedereen haar een mongool). Ik luisterde totdat Stefan de adres had genoemd en Marit keek heel lang naar mij voordat ze naar de les ging. Eindelijk ik voel dat het tijd is.

ECHT, IK ZAL niet liegen, vanbinnen ik was zenuwachtig. Ik zorgde dat ik ruim op tijd klaar was, nam een douche, sprayde beetje extra Fahrenheit en paste papa's overhemden. De meeste waren te klein, maar een luchtige van zachtpaarse zijde met zilveren knopen had goede maat.

Ik stond hele poos voor de spiegel in de badkamer. Ik streek mijn haar naar achteren met wax tot het als een koolzwarte glanzende helm zat. Nog wat meer parfum, pet thuislaten, papa's mooie bruine schoenen met kwastjes lenen en trots tegen papa zeggen: 'Ik ga ervandoor.' Papa klaarde op alsof hij met de paardenrennen had gewonnen. Hij zei dat ik er mooi uitzag en dat ik mijn cadeau niet moest vergeten mee te nemen.

Ik liep de trap af naar de metro, glipte langs de draaihekje en reed naar Slussen. Ik was te vroeg, daarom liep ik blokje om in de buurt van Götgatan en bedacht hoe dope het zou zijn om iemand tegen te komen, maakte niet uit wie. Ze zouden vragen: 'Hee man, waar ga je naartoe, je ziet er mooi uit', en ik zou heel rustig maar wat glimlachen en zeggen: 'Feestje bij iemand thuis, weet je wel', en ze zouden het snappen en dan ik zou met mijn tas in mijn rechterhand en met mijn hoofd rechtop doorlopen.

Toen het eindelijk acht uur was ik belde bij David aan. Hoewel ik weet dat ik op de goede tijdstip was, hij deed open met bloot bovenlijf en keek beetje verrast. Ik reageerde door de doos chocola uit mijn tas te halen en David snapte meteen dat ik gewend was aan feestjes bij mensen thuis en ging me voor door de hal.

Toen ik net op de nieuwe school zat en Davids altokleren zag ik dacht onmiddellijk dat hij zo'n type was met weinig geld. Hij komt vaak op school met kapotte spijkerbroek en zijn haar, ik zweer het, die eerste keer ik vond het net een vogelnest. Maar de flat van zijn ouders ligt aan een straat die Mosebacke heet en het was een vet gaaf huis. Ze hadden uitzicht over al de water bij Slussen en in de keuken ze hadden een bar net als in *Fresh Prince*. In de keuken er stonden ook schaaltjes met heleboel soorten chips en popcorn en dure schepsnoep en pinda's en zoutjes. Er was bowl, dus ik nam glaasje en wachtte op de anderen. Vreemd genoeg de meubels in de flat waren beetje boerenstijl en hoewel Davids ouders bergen geld moesten hebben ze hadden geen krakende leren banken of luxe spiegelwanden of zelfs maar een jacuzzi.

De andere gasten begonnen tegen negen uur binnen te druppelen en het was fijn dat de stilte voorbij was die er bijna al die tijd tussen David en mij was geweest. In de begin van de avond ik hing in de keuken, want daar de muziek stond zachter en je kon verstaan wat mensen zeiden. Iedereen had het erover hoe moeilijk het was om een profiel en een school te kiezen. Maar ze wisten allemaal wel zeker dat ze het liefst naar Södra wilden en absoluut niet naar Åsö. Daarna het ging over nieuwe films, maar Mårten probeerde over boeken te praten en zei dat Kafka en Siddharta zijn lievelingsschrijvers waren. Ik antwoordde dat Naguib Mahfouz mijn favoriete schrijver was en toen Mårten viel natuurlijk keihard door de mand, want hij had geen idee wie Naguib was. Hij wist niet eens dat Naguib een eigen Nobelprijs had gekregen! Toch hield Mårten nog ontzettend lang verhaal dat hij schrijver wilde worden en misschien hij mag voor arbeidservarend leren stage lopen in de tweedehandsboekwinkel van zijn moeder.

Mårten is iemand die denkt dat je schrijver wordt als je shagjes rookt (die altijd uitgaan) en piercings hebt en een slordig kapsel en Poolse ouders in Söder. Verder hij schept altijd op dat hij alle schrijvers en hun moeders heeft gelezen, plus dat hij beste vriend is van Björkman. Maar ik zweer er zijn ook andere dingen voor nodig, dingen die Mårten niet heeft (en ik wel).

Jessica en Anna kwamen tegen elf uur en zij hadden Marit bij zich. Ik voelde mijn hart ging bonzen en ik deed alles om cool te blijven. Je kon merken dat de feest nu pas begon. Marit had een strakke spijkerbroek aan en een hemdje die haar navel bloot liet en heleboel blauwe oogmake-up. Haar krullen ze had gevangen in twee lange vlechten en haar puistjes zaten helemaal verstopt onder dikke lagen poeder. Heleboel altomeisjes werden meteen jaloers, omdat haar schoonheid alles en iedereen overglansde. Ik zocht onmiddellijk haar blik, maar het was niet zoals eerst, ze was beetje veranderd. In plaats van sexy te kijken ze deed meestal alsof ze niets merkte. Ik dacht: typisch voor meisjes om te spelen dat ze verlegen zijn, en besloot dat ik mijn move later op de avond zou maken.

Algauw iedereen werd dronken en de huiskamer werd een dansvloer. Anna zat de hele tijd in de keuken te huilen. Ze zei dat ze nooit op Södra toegelaten zou worden en dat zij ook over zelfmoord had gedacht. Toen ze uitgehuild was ze zei dat wij de enigen waren die haar begrepen en dat alle anderen op de hele wereld haar haatten (haar oudere zus ook). Ik probeerde te zeggen dat dat niet waar was en bood haar een chocolaatje aan, maar Anna begon alleen maar weer te huilen en zei dat haar vader en moeder misschien gingen scheiden en dat haar oma afgelopen herfst overleden was.

Beetje later Mårten nam mij apart, hij zei dat ik me niet te veel van Anna's geklets moest aantrekken, want kennelijk ze voert op ieder huiselijk feestje dezelfde show op.

In de huiskamer ze hadden de licht uitgedaan en heleboel schimmige lijven stuiterden op de maat van de muziek. De gezichten glommen van de zweet en overal op de vloer er lagen stukgetrapte chips en gemorste bier. Heleboel mensen die in de pauze nooit roken zaten nu als schoorstenen sigaretten te roken. Zelfs Faud en Fadi deelden samen klein pakje Marlboro. Ze hoopten waarschijnlijk dat iedereen zou vergeten dat ze nerds zijn met supersterke cijfers voor wiskunde. Karro stond op fauteuil te dansen als de negermeisjes in de *Ricki Lake Show*, met haar armen voor zich alsof ze in een grote pot roerde. Sibille danste sexy met Anders op een van de banken en Kristoffer wilde dat ik uit zijn fles wijn zou drinken.

Marit zat in de hoekbank met Stefan te praten. Ik ging naar hen toe, dronk voorzichtig van mijn bowl en zei paar keer tegen mezelf: pas op, niet te veel bowl, anders word je net als die Zwedo's, die dansen en over hun nek gaan en dan het is afgelopen met je.

Kristoffer was de perfecte voorbeeld. In plaats van dik en verlegen als een meisje hij stond nu met de muziek mee te brullen en rode wijn in de boekenkast te morsen. Verder hij probeerde Jessica in haar tieten te knijpen, maar die werd boos, dus toen hij zette de Latin Kings maar op en ging op de dansvloer mee staan wiegen. Toen hij mij op de bank zag zitten, brulde hij: 'Dit is Blend dom! Halim, BLEND DOM, BLEND DOM'.

Toen ik voelde er was iets mis naast mij. Ik keek opzij en zag dat Stefan Marit had aangevallen. Hij had haar naar zich toe gedraaid en nu hij dwong haar om haar lippen open te doen, hij slobberde tot hun tongen bij elkaar kwamen en Marit zat vast in zijn greep en hoewel het donker was ik zag dat Stefan zijn handen op Marits borsten legde en er hard in kneep, en dat ze gedwongen werd zich nog meer naar hem toe te draaien, en hun monden waren aldoor wijdopen alsof ze gingen schreeuwen terwijl ze met evenveel tong zoenden als in pornofilms. Ik stond op om haar te helpen los te komen, maar ze wilden geen van beiden luisteren. Stefan hield haar stevig vast en hoewel ik hem misschien wel vier of vijf keer op zijn schouder tikte zijn handen lieten niet los.

'Ga zelf een meisje zoeken, man', hij mompelde nog even voordat hij zijn hoofd weer omdraaide en doorging met zoenen.

Om hem te laten begrijpen dat hij nooit meer vriendinnen van gedachtesultans mag lastigvallen ik deed een stap achteruit, laadde mijn horsekick op en mikte op zijn ribben.

Hoewel ik geen schoenen aanhad hij zakte na de trap in elkaar en begon te kermen als een hondje. Ik ging meteen verder met serie slagen van zeven, acht combinaties, eindigde met een uppercut en een rochel. Iedereen kwam met nuchtere gezichten aanrennen en iemand deed de plafondlamp aan. Karro riep dat ik een mongool was en Marit zei 'psychopaat', maar dat was vooral omdat ze zelf nog een shock had. In plaats van me te bedanken David zei dat ik maar beter weg kon gaan en hoewel ik al onderweg was, Kristoffer pakte me in politiegreep en duwde me naar de trap. In de hal we botsten tegen Mårten aan die net van de wc kwam en niet gezien had dat ik Marits eer had verdedigd. Hij keek teleurgesteld en gaf geen antwoord toen ik gedag zei.

Op straat er lagen kleine ronde stenen in plaats van asfalt en achter een raam er zat een zwarte kat, misschien van porselein, naar mij te staren. In de metrostation ik bleef een hele tijd staan, misschien wel twintig minuten, en iedere keer als er een nieuwe metrotrein Söder binnenreed ik vulde mijn blik met ontzettende haat, stopte mijn rechterhand in de binnenzak van mijn jack en staarde de machinist strak aan. Als de trein dan vaart minderde ik haalde langzaam mijn hand uit mijn zak, alleen maar om de schrik in hun ogen te zien bij de gedachte dat ik mijn pistool klaar had in mijn holster. Ik liep tussen de groene en de rode lijn om zo veel mogelijk treinen te vangen en iedere keer als ik zag dat iemand bang werd het deed me goed vanbinnen. Tegen twaalven mijn hoofd kwam terug en de bowl verdween uit mijn lijf. Ik dacht erover terug te gaan naar de feest om Marit nog een laatste kans te geven. Maar ik besloot dat ze alle bruggen achter zich had verbrand en ging naar huis. Papa sliep en dat was een geluk, want ik weet niet hoe goed ik zou hebben kunnen liegen.

Vandaag was de laatste vrijdag voor de herfstvakantie. We mochten 's ochtends uitslapen, maar de meesten die op het feest waren geweest bleven van alle lessen van die ochtend weg. Niemand zei iets over mijn ruzie met Stefan en het was fijn dat ik niets hoefde uit te leggen. In de lunchpauze ik ging naar de overblijflokaal en was verrast, want voor het eerst sinds heel lang Hristo was weer eens op bezoek op school. Hij zat op de rugleuning van de bank, krabde zijn blonde donsbaardje en praatte met David en Stefan en nog een stel anderen. Toen ze mij zagen binnenkomen ze keken allemaal op en bleven me aanstaren. Hristo zette een gezicht alsof hij waanzinnig was en haalde langzaam zijn hand langs zijn keel. Kristoffer staarde ook en ik geloof dat hij het was die begon te lachen toen ik me omdraaide en vlug weer terugliep. Zwedo's zijn soms echte sukkels, maar in een groepje ze kunnen zich sterk voelen.

Met Marit aan mijn zijde alle bedreigingen van Hristo waren onbelangrijk, omdat ik niet helemaal alleen was. Maar vandaag ik kreeg heleboel trillingen in mijn hele lijf, wat ik jarenlang niet had gehad. Mijn voorhoofd leek wel van binnenuit koud te worden en ik voelde me verlaten en vergeten en nog heleboel andere dingen tegelijk. In mijn kop er zweefden wankelende vaders en herinneringen aan mama en valse chicks en misschien dreiging van problemen en een paar keer ik zei tegen mezelf dat alleen meisjes en homo's en kleine kinderen huilen.

De hele dag die gevoel bleef in mij zitten, tot ik thuiskwam en op bed lag met mijn hoofd onder de deken. Plotseling ik kreeg een ontzettend sterke visioen en een paar lichte seconden lang ik zag mijzelf in de toekomst als levende persoon. (Klinkt raar, toch het is echt waar.) Ik zat met vergrijsde haren en bierbuik met klassieke Arabische kleding aan in elektrische schommelstoel in supergrote huiskamer. Vanaf mijn kin er hing paar decimeter lange baard en aan mijn voeten had ik pantoffels van felrode fluweel met lange punten. Met een bril met dikke glazen ik zat in mijn schrift te bladeren. De patroon op de voorkant had zijn gouden glans verloren en de bladzijden kraakten en er kwamen stofwolken uit, maar de woorden en de handschrift waren nog precies zoals ik ze had geschreven.

De tv vertoonde een dvd van een haardvuur, op de vloer ervoor er lag een ijsberenvel en aan de muur er hingen echte stukken papyrus in gouden lijsten. Mijn betrouwbare Arabische chick was ex-Miss Zweden en ongeveer duizend keer mooier dan Marit. Ze zat op de bank te breien en leek beetje op mama toen die nog jong was.

De toekomstige Halim keek op van zijn schrift en keek mij recht aan met ontzettend kalme faraoblik. Zijn stem galmde als die van dode meesters in kungfufilms: 'Laat je er niet onder krijgen', zei hij. 'Onder krijgen, onder krijgen', zei de echo.

Toen ik onder de deken weer tot leven kwam ik voelde dat mijn krachten teruggekeerd waren. Ik begin te begrijpen dat er voor mij geen weg terug meer is. De kennis heeft zich vastgezet in mijn brein en vanaf nu ik kan alleen nog maar verdergaan als de echte gedachtesultan die ik geworden ben. De volgende stap zal zijn om aan floes te komen om me tegen Hristo te verdedigen en na de vakantie ik sta klaar om ze allemaal tegemoet te treden, ik zweer het! Niets zal spaak steken in de wiel van de strijder. (En zeker geen allochtone gangsta's zoals Hristo of Zwedo's zoals Stefan.)

Ik denk helemaal niet aan Marit, want meisjes zijn kutwijven en bedriegsters en ik heb dat altijd al geweten. Zij is overbodig, want ook zonder haar ik heb moed om grote daden te verrichten. Vandaag was de eerste echte vakantiedag, maar ik moest toch even naar school om mijn aardrijkskundeboek uit mijn kluisje te halen. Op weg naar buiten met de boek in mijn rugzak mijn Arabische genen kookten een perfecte floesstrategie op.

Ik liep naar de docentenkamer en bleef wat chillen op de vensterbank daar, tot er een leraar van de onderbouw naar buiten kwam. Bliksemsnel ik nam de deur over en sloop naar binnen. Aan de wanden er hingen schilderijen met boerenfeesten van vroeger en paardenfamilies in zonsondergangen. Het kopieerapparaat zoemde en verderop een paar leraren van de middenbouw zaten degene die de roosters maakt te dissen; ze zeiden tegen haar dat ze oerstom was. De tafel met koek stond eenzaam in de hoek met de koffiezetapparaat en met heleboel bordjes en mandje met suikerklontjes. In de herfstvakantie alle leerlingen hebben vrij, maar de leraren moeten planning maken en vergaderingen houden, alleen ze zitten meestal koffie te drinken. Niemand merkte dat de gedachtesultan binnen was geslopen en nu de potjes leeghaalde waaruit de schoolreisjes van klas 6d en 9c betaald zouden worden.

Alles liep volgens plan, totdat ik ontdekte dat er in totaal maar zeventien kronen in de potjes zat en dus helemaal geen honderden kronen zoals ik had gedacht. Ik ging onmiddellijk over op plan B, pakte de grote schaal met chocoladewafels en holde naar de gang.

Ik heb schijt aan 6d, ik dacht toen ik de trappen af rende. De enige die ik in al die tijd tegenkwam was Curre, maar die is aardig en zal mij echt niet verraden. Hij was blijven steken met zijn hoofd op zijn zwabber en met zijn blik op de muur gericht. Ik liet de blad op mijn hand balanceren, klopte op zijn schouder en toen hij wakker werd en de koekjes zag zijn gezicht begon te stralen.

'Kijk eens, Curre, hier. Je krijgt een koekje, maar dan moet je niet vergeten dat je mij ergens mee moet helpen, oké? Neem er nog maar een.'

Tussen de happen door hij zei: 'Da's lekker, echt lekker... Tuurlijk help ik je... zoals Plura altijd zegt... dat is het hele eieren eten in deze branche... dat je je oude collega's niet in de steek laat...'

Hij kletste nog een poosje door van 'niet vergeten... dat is het hele eieren eten...' maar ik onderbrak hem met een commentaar die vet fijn was om te zeggen: 'Zeg... Ik moet ervandoor, want ik heb een afspraak met de *strijder*.'

Eigenlijk deze commentaar was beetje leugenachtig, maar was toch fijn om te zeggen en Curre staarde me met ontzag aan. Toen ik de schoolplein overstak in de richting van de oude rookhoek ik zag hem achter raam van de gang staan wuiven.

Met de schaal hoog boven mijn hoofd ik klopte eerst op Morris' raam, want ik weet dat hij onderkin heeft en luxe basgitaren en heleboel meer geld dan je zou denken als je zijn gebleekte spijkerbroek ziet. Hij was niet thuis, maar de machines stonden aan, de mengpaneel knipperde, er brandden lampjes op de synthesizers en op de computer er zat een nogal pornografische screensaver. Terwijl ik naar een knappe strandbrunette stond te kijken het viel me opeens in dat ik Morris deze semester nog geen enkele keer had gezien.

Met halve erectie ik holde de straat over en liep naar de achterkant van de gebouw, waar iedereen die bij Ljungqvists en Matcentralen had geluncht nu stond te dampen met papieren bekertjes vol koffie. Omdat ik weet hoe ze denken ik gebruikte de sukkeligste Zwedotoon: 'Een koekje bij de koffie ten bate van het schoolreisje van klas 9b? Tien kronen per koekje.'

Eigenlijk is er misschien al toetje inbegrepen bij hun lunchbonnen, maar een paar van die chicks haalden toch hun portemonnee tevoorschijn, en vooral toen ik net deed of ik het koud had ze kregen medelijden en gaven geld. Eén zo'n chick had ontzettend mooie gezicht, terwijl ze toch misschien al dertig was. Lang bruin haar, paarse shawl met paar gouddraden erin en niet zo'n grote neus als ik eerst dacht. Ze praatte met een gozer met lange jas aan en kleine ronde bril op die beetje leek op die zanger van de Beatles. Ze wilde geen geld terug van haar biljet van twintig kronen en zei ook nog: 'Ach jeetje, je rilt helemaal', en gaf me schouderklopjes.

Meteen ik voelde beetje warmte in mijn buik en om haar kwijt te raken ik cirkelde verder. Ik dacht: alleen familielid van Hannibal kan zo'n goed plan bedenken. De winterlucht maakte de glazen schaal koud en de kou kwam door mijn wanten heen (hoewel ze insulate hebben). Straks ik hoefde niet meer te doen alsof ik het koud had. Iedereen was heel relaxed, behalve een kale vent met een stok die zei dat ik de volgende keer servetjes mee moest nemen om uit te delen.

Bijna alle koekjes waren verkocht voordat de politie kwam in de vorm van een obersukkel. Hij droeg een korte flikkervestje en zwarte vlinderstrikje op witte overhemd en waarschijnlijk hij had rookpauze, maar hij kon het niet hebben dat gedachtesultans floes weghaalden bij de lunchgasten.

'Neem me niet kwalijk, wat ben je aan het doen? Dit kun je niet maken hier. Het is hier... privé-terrein.'

Voordat ik antwoord kon geven ik kreeg hulp van de meisje die tien kronen fooi had gegeven.

'Zeg hoor eens, hij verkoopt gewoon een paar koekjes voor zijn schoolreisje. Dat is toch wel oké. Wat hebben jullie daar nu voor last van?'

De kale vent aan de andere kant van de terras zwaaide met zijn stok en riep dat ik de teken was van de vrije markt en de vrije prijsvorming en toen de ober was verslagen, want hij begreep dat een flikkerober niet met de markt kan spotten.

'Oké. Maar blijf voortaan uit de buurt. Anders krijgen we hier een heleboel leerlingen en dat kan niet. Oké?'

'O, ja natuurlijk. Ik ben nieuw op school, ik wilde gewoon een extraatje bij elkaar verdienen voor de schoolkas. Neem me niet kwalijk.'

Om van hem af te komen ik leende Alex' meest weeë toontje en de vent liet mij gaan zonder de politie erbij te halen of te dreigen met arrestatie. Op weg naar buiten ik telde hoeveel ik in mijn zak had: 160 kronen. Ik dropte de schaal met de laatste bevroren chocoladewafels in de prullenbak bij de kiosk en stopte de floes in mijn binnenzak.

Het is dinsdagavond en de tweede vakantiedag is voorbij. In mijn geheime la er liggen twee geweldige dingen naast elkaar. De ene ding is zwart en zwaar en vol dreiging en de andere is klein en er zit geen pincode op. Het is mooi dat ik veel tijd heb, want ik ga vertellen over dag met krankzinnig geluk.

Ik ging eerst even naar school en ik vond Curre bij de handenarbeidlokalen. Toen hij mij zag hij lachte en zwaaide naar me. Ik begon meteen over die grote dienst die hij mij nog zou bewijzen en dat het daarvoor nu de tijd was.

'Meteen als je klaar bent met je werk gaan we naar de stad. Je moet me tien minuten helpen en dan staan we quitte, ik zweer het.'

Het leek me niet nodig uit te leggen dat je achttien moest zijn om een luchtbuks te kopen bij Teknikmagasinet. Toch ik was bang dat Curre ook met een versimpelde plan problemen zou hebben. Hij dacht een paar seconden na en antwoordde toen met luide stem: 'Goed, ik ben om twee uur klaar... Waar zien we elkaar dan? Op het schoolplein? Hier op het schoolplein?'

Het ging gewoon te gemakkelijk en eerst ik voelde beetje argwaan. Maar toen ik dacht: het is niet zo vreemd dat je eerst vet veel pech hebt en daarna vet veel geluk als je de weg naar je juiste bestemming hebt gevonden.

Curre kwam om tien voor twee naar buiten en we liepen samen naar de metrostation. We hadden niets om over te praten, dus we waren stil. Bij de draaihekjes Curre wilde eerst zijn kaart tevoorschijn halen, maar ik liet hem zien hoe je kon zwartrijden, trok de hekje stukje terug en glipte ertussendoor. Eerst dacht ik: het wordt een probleem, omdat hij zo dik is, maar het ging net. Op de roltrap naar beneden Curre lachte de hele tijd, de binnenkant van zijn negerlippen glansde roze.

'Wat is er zo leuk?' ik vroeg een paar keer. Maar Curre gaf geen antwoord, hij lachte alleen nog harder. Compleet maddish, dacht ik, als dit maar niet verkeerd afloopt, als hij nu maar normaal doet als hij bij de kassa komt.

De metro kwam bijna meteen. Vlak voordat de deuren dichtgingen er kwam een knappe chick aanhollen. Omdat ze anders de trein zou missen ik liet Curre zien hoe je tussen de deuren moest gaan staan. Als allochtoon je moet, anders dan de Zwedo's, deuren openhouden voor knappe hollende chicks. Curre begon weer te lachen en samen we blokkeerden de deuren, zodat die chick de trein nog haalde. Ik zag dat het de chick was die mij ook geld had gegeven en die mij had verdedigd toen ik de koekjes verkocht. Zij herkende mij ook en het leek wel of ze me als dank wilde omhelzen: 'Hee hallo, eerst verkoop je koekjes en nu hou je de trein tegen. Mijn held!'

Ik voelde dat het lastig kon worden, want ze was verdacht aardig en bovendien ze ging expres in dezelfde hoekje zitten als ik voor Curre en mij had uitgezocht (terwijl er best andere lege plaatsen waren). Ze begon te vragen hoe het op school ging en waar we met schoolreisje naartoe zouden gaan. Curres blik was ver weg en hij durfde niet naar de chick te kijken. Hij zat met zijn mond beetje half open, zag er volkomen debiel uit en af en toe hij mompelde iets. Niet te geloven dat hij veertig is. Ik wist niet of ik op haar vragen moest antwoorden of dat ik haar net als Alex moest behandelen.

In ieder geval, ik vertelde dat we met schoolreisje naar Sandhamn zouden gaan en dat dat leuk zou worden. Verder (want ze moest niet gaan denken dat ik haar wilde flowen door antwoord te geven) ik zei dat mijn vriendin ook mee zou gaan en dat het beetje speciaal voor ons zou zijn, omdat we op die dag precies een jaar met elkaar hebben. Ze heet Marit en ze is de mooiste meisje van de wereld, daar bedoel ik niks mee hoor, jij bent ook mooi en zo, maar Marit, die is, die is... mijn woorden raakten op, maar die chick tegenover me bleef gewoon lachen.

'God, wat klinkt dat mooi. Zijn jullie gelukkig samen?'

En aangezien Curres blik ver weg was en er tot de stad nog een paar stations te gaan waren ik begon te zeggen hoe gelukkig ik wel niet was. Ik vertelde hoe het aan was geraakt op een feest in de achtste en eigenlijk ze had met een andere gozer, maar ze had ingezien dat ze die niet langer meer kon bedriegen. Ze had hem alles verteld en diezelfde avond we hadden wandeling gemaakt van het feest naar het topje van een heuvel bij Mosebackegatan en daarvandaan je kunt al de water bij Slussen zien en daar we hadden gezoend en, nu ja, toen hadden we met elkaar, weet je. Die chick was blijkbaar vet gemakkelijk voor de gek te houden; ze keek me aan met bijna vochtige ogen en toen zei ze nog een keer: 'God, wat mooi.'

Ik was het met haar eens. De mobieltje van de chick ging en terwijl ze zat te praten dacht ik: wat zal het fijn zijn om vanavond naar Marit te gaan, we gaan naar haar kamer, haar ouders zitten natuurlijk weer in hun zomerhuisje en ik heb dure schepsnoep gekocht, geen harde zuurtjes van drie negentig per ons, maar superluxe snoep van 7-Eleven. Ze zegt dat ik goede snoep heb uitgekozen en daarna we kijken naar een romantische film die zij heeft gehuurd. Hoewel ik die film eigenlijk wel goed vind ik zeg dat het een waardeloze meidenfilm is en dan zij zegt lachend: 'Echt iets voor een man om dat te zeggen.' En we proberen de film uit te kijken, maar dat lukt niet omdat ik haar zachtjes in haar nek kus en zo dicht mogelijk tegen haar aan lig. Ten slotte ademt ze zo zwaar dat we de film uit moeten zetten, we zetten R. Kelly op of andere relaxte neukmuziek en de hele tijd er zoemt iets vanbinnen en om ons heen het is ontzettend heet, net als boven in de sauna.

De chick hing op en glimlachte. Terwijl de metro Mariatorget uit reed ze begon te vertellen dat ze producent was van een theatergroepje in een pand vlak bij de Högalidsschool. Ze hadden blijkbaar schooltoneel gespeeld voor alle zesdeklassers, een paar jaar geleden al, daarom had ik ze niet gezien. Ik onderbrak haar midden in een zin: 'Vandaag is je geluksdag, ik zweer het.'

'Hoe bedoel je?'

'Je geluksdag. Vandaag. Ik ken namelijk een gozer die Nourdine heet en die is de beste toneelspeler van heel Zweden; hij heeft net nog samengewerkt met een vet bekende theatergozer die Bergman heet.'

'O ja?'

'Maar toevallig, op deze moment, hij heeft even niets te doen, hij is vrij! Geef toe, hij zou gewoon perfect zijn voor jullie theatergroep.'

De glimlach van de chick werd beetje gestrest.

'Tja, dat weet ik niet, hoor. Ik ben producent, dus ik heb niet zoveel... En de acteurs in die groep werken al een paar jaar samen... Ik kan niet zo makkelijk zomaar iemand meenemen die niet...'

Het werd stil tussen ons. In mijn hoofd ik zag Nourdine met rode spikkels in zijn ogen en ongeschoren sinds hij ontslagen was. Hij houdt zijn ene hand op papa's schouder en zijn stem, die toneelteksten voorleest, is donker en gebarsten. Natuurlijk, deze chick speelt net zo vals als alle anderen, en plotseling ik ontdekte dat ze eigenlijk superlelijk was met een neus als een augurk en tieten die tot op de bank hingen.

Ze keek beschaamd uit de raam, terwijl de trein via de brug

van Slussen station Gamla Stan binnenreed. Curre neuriede melodietje om de stilte te breken en de mobieltje van de chick lag boven op haar handtas. De trein minderde vaart, de chick schaamde zich, de mobieltje lag bovenop en toen een oude man in de gedrang passeerde alles ging als in een reflex. Toen ik vervolgens om me heen keek Curre was de enige die het gezien had; het leek wel of hij zou ontploffen van het lachen.

Toen we Gamla Stan weer uit reden de chick keerde terug uit haar gedachtepauze.

'Zeg, maar ik kan natuurlijk wel even zijn nummer noteren. Van die vriend van je. Dan kan ik hem bellen als het een keer nodig zou zijn...'

Haar vingers begonnen in haar handtas te zoeken, zo meteen er zou een rel uitbreken, dus ik stond snel op en duwde Curre naar de deur.

'Sorry, maar je hebt je kans gemist. Te laat.'

Nog voordat ze antwoord kon geven we sprongen in T-Centralen de trein uit. Op weg naar Sergels Torg Curre liep de hele tijd te lachen en te hard te praten.

'Wat ben jij een schurk, hee... Wat een rappe handjes... Pakt dat ding gewoon mee... wauw... Als Plura dat had gezien, nou, dan... Met een plectrum zou je...'

'Luister nou man, nu jij moet even die winkel in gaan, je wijst op deze plaatje in hun catalogus en dan geef je die gozer geld. Gesnapt? Heb je 'm door? En dan we staan weer quitte.'

Curre hoorde mij 'quitte' zeggen en werd meteen ernstiger. Na een denkpauze hij knikte.

'Naar binnen... wijzen... geld... geen probleem, komt voor elkaar. En dan zijn we quitte, hè?'

Ik gaf Curre de floes, ging met hem naar binnen en bleef vlak in de buurt. Er was een korte rij en alles liep gesmeerd. Curre kreeg een kroon terug en weer buiten op de stoep ik zei dat hij die mocht houden als dank voor zijn hulp. Eenmaal terug op Sergels Torg we namen afscheid. Ik zag eigenlijk dat Curre wilde dat we nog wat bij elkaar zouden blijven, maar ik zei dat ik belangrijke business te doen had.

Thuis ik deed de doos open en mijn vingers trilden beetje. Zodra ik de eerste sledebeweging had gemaakt en de eerste schot in de kussen had geschoten ik voelde de kalmte. Ik stond voor de badkamerspiegel met de fezmuts op mijn hoofd en de pistool in mijn rechterhand en de mobiel in mijn zak. Het was een nieuwe Halim, machtiger dan ooit. Bulgaren en Zwedo's kom maar op, Halim is gereed.

NU HET IS woensdagnacht. Omdat het vakantie is ik had ruim de tijd om de juiste materiaal te vinden. Behalve de schotel er ligt nog een heleboel rotzooi in de bezemkast. Eerst ik probeerde met een stuk hout, maar ik besefte dat het de druk niet zou verdragen. Toen ik vond een stuk hard plastic, misschien van de oude plafondlamp. Ik zaagde en vijlde tot de stuk rond was en daarna ik pakte een tang om het tussen de veer en de plastic huls te persen. Het ging vet moeilijk en ik moest wel vijf keer opnieuw proberen voordat het lukte. Toen ik hoefde alleen nog de pistool stukje voor stukje in elkaar te zetten en de stalen pin erin te duwen die de mondstuk op zijn plaats houdt. Hoewel de pistool er aan de buitenkant nog hetzelfde uitzag, het was alsof de nieuwe kracht in mijn hand voelbaar was en alles veel werkelijker maakte.

Toen het was tijd voor de test: als ik de sledebeweging maakte ik moest al mijn kracht gebruiken en dan het lukte me net om de bovendeel zo ver naar voren te drukken dat de kogel omhoog kwam. Ik stond daar in mijn kamer met de pistool klaar, de haan ingedrukt en toen kwam het opnieuw: de machtsgevoel.

Juist toen ik daar voor de spiegel maffia stond te spelen begon de mobieltje in mijn zak te piepen. Eerst ik dacht: het zijn de batterijen die leeg raken, of misschien er is bericht dat de simkaart geblokkeerd is. Maar het was een sms van 'Johan F mob'. Dit stond erin:

Welkom op de generale van Maria Stuart i d regie van Ingmar Bergman. Rollen van oa Pernilla August, Lena Endre, Mikael Persbrandt. Grote Zaal, Kon Schouwb morgen 14 u mvg Johan

Ik was niet eens meer verbaasd. Eigenlijk het was al te verwachten dat de roodneuzige god nog meer verrassingen in zijn pet had. Daarom hij had mij die chick in de metro laten tegenkomen en daarom hij had mij haar mobiel laten jatten en daarom hij wilde mij nu naar die toneelstuk van Bergman sturen. Eerst ik dacht: ik moet natuurlijk naar die generale. (Voor de geval dat jij niks van toneel weet: generale is als ze een toneelstuk gratis spelen vlak voordat ze echt gaan spelen, om te kijken wat volgens de publiek nog veranderd moet worden.) Maar even later ik ging nadenken: het is misschien wel een schijnbeweging. Misschien die chick stuurt sms om mij te laten komen en straks zij staat daar klaar met de politie in de coulissen om mij te arresteren. Ik heb nog niet besloten of ik ga.

'sAvonds na het eten ik smokkelde de pistool onder mijn riem, zei tegen papa dat er weer feestje was, vertrok en liep over Hornsgatan met alles in mijn lijf onder spanning. Eerst ik ging naar McDonald's, kocht een stuk quiche en een donut, bleef daar even hangen, zette in de wc mijn tag op de spiegel en keek naar twee kinderen die in de ballenbak speelden. Een paar Zwedo's zaten paar tafels verderop met hockeysticks en pas gedouchte kapsels. Ze keken angstig naar mij, dus het was meteen duidelijk dat ze sukkels waren. Toch ik dacht: beter even mobiel pakken en gesprek faken. Ik zat minuut of wat te praten, bijvoorbeeld ik zei keihard: 'Nee, ik kom straks pas naar jou, bitch. Eerst ik ga nog uit met m'n vrienden, we gaan naar restaurant en naar Sturegalleriet. Ik bel je misschien later nog. Misschien, zei ik, slet.'

Ik hing op en hoewel die Zwedo's niet durfden te kijken ik weet dat ze vet respect voor mij hadden. Ik wilde alleen maar dat zij zouden snappen dat alles rustig was, dus ik riep: 'wijven!' en schudde mijn hoofd. Toen pas die kerels durfden op te kijken en zij knikten en snapten precies wat ik bedoelde.

Vervolgens ik ging de kou weer in. Het waaide vet hard en soms ik had spijt dat ik mijn pet had gepakt in plaats van de feztulband. Ik zwierf beetje door Söder, eerst langs de ene kant van Götgatan, later langs de andere kant van de straat weer terug. Een paar dronken Hammarby-supporters schreeuwden en ik voelde dat mijn lichaam meteen reageerde. Ik dacht: stel het zijn vrienden van Hristo die ruzie willen, dan het is hun eigen schuld en bijna ik hoopte dat ze zouden beginnen. Een lelijke Zwedo met groenwitte das geeft een commentaar die maakt dat de gedachtesultan zich langzaam omdraait. Halims boosheid vuurt bliksemschichten uit zijn ogen en een halve seconde later Halim grijpt het wapen, maakt de sledebeweging en schiet de Zwedo tussen zijn ogen. Hij zou niet sterven, maar hij zou wel bloeden en spijt hebben en voortaan nooit meer met verkeerde mocro ruzie maken.

Bijna het was beetje triest gevoel dat niemand ruzie zocht en dat niemand keek, zelfs in de metro niet. Toch er waren overal ontzettend dronken Zwedo's en alles stonk naar meidenparfum en gemorste bierblikjes. Ik voelde megawalging toen ik de opgeverfde sletten en hun dronken vriendjes zag. Eén gozer zat met zijn kop tussen zijn knieën en was gewoon al te dronken om te lopen. Barbaren, ik dacht, en op T-Centralen ik stapte uit.

Bij de McDonald's op Vasagatan ik hing wat rond zonder iets te kopen, want mijn cash was op. Dus ik las de krantje op de dienblad, speelde snake tot ik nieuwe high score haalde, bestelde water, keek de bijna volle telefoonboek van de chick door, las haar oude sms'jes en dacht: zal ik nou nog naar die toneelstuk van Bergman gaan of niet. De hele tijd ik voelde de stroeve ribbeltjes van de handvat van de pistool tegen mijn buik.

Het was laat toen ik naar huis ging en bij de restaurant het stond vol met allochtonen die zwarte taxiritten aanboden. Bij de 7-Eleven er stond een versleten gele Volkswagen-busje geparkeerd. Er hingen heleboel allochtonen bij die auto rond. Ze stonden te fluiten naar meisjes en opeens ik zag dat één van hen Alonzo was. Hij had netjes gekamde haren en zijn baard was geschoren in de vorm van klein streepje op zijn kin. Onder zijn leren jack hij droeg strakke rode T-shirt en aan zijn voeten hij had nieuwe Newrocks met stalen gespen en dikke zolen. Toch hij moest zich uitrekken om niet korter te zijn dan de latino-meisje die daar net was blijven staan.

'Yo man', ik riep vanaf de metrotrap.

Alonzo stond zich te concentreren en hoorde mij niet.

'Yo Alonzo!' ik riep beetje harder. 'Hoe gaat-ie?'

Alonzo kneep zijn ogen samen alsof hij tegen stormwind in fietste. Ik snapte dat hij het druk had met die swa met haar losse vlechtjes en dat hij bang was dat ik hem zou storen. Stel dat die chick mij zou zien en ineens zou bedenken hoe kort Chilenen zijn vergeleken met volbloed Arabieren.

'Rustig maar', ik riep. 'Ik snap het al. Doe je best. Groeten aan Juan!'

'Yo man', Alonzo antwoordde. 'Van wie?' Dat was natuurlijk om die chick aan het lachen te krijgen. Ik liep de trap af naar de metro en reed zwart naar Zinkensdamm.

Op de plattegrond in de metrostation de schouwburg zag er niet zo groot uit, maar toen ik aankwam ik zag dat het een superluxe theater was. Het ligt midden in de centrum (vlak bij de McDonald's op Hamngatan) en aan de buitenkant het ziet er beetje uit als een museum of een paleis van een koning. (Eerst ik dacht: ik zit verkeerd, maar toen ik zag de gouden tekst op de muren.)

De chick of de politie was nergens te zien, dus ik glipte vlug de witte marmeren trap op en ging naar binnen. De hele hal was propvol mensen en iedereen was zo'n beetje vijfenzestigplus of klein beetje jonger. De dames hadden mantels van dierenstof en de heren hadden pakken of colbertjasjes met klein zakdoekje dat uit hun zak stak. Bijna allemaal ze hadden gerimpelde rozijnengezichten. Er waren natuurlijk wel paar jongere mensen, maar het vreemde was, die zagen er ook oud uit, misschien dat het kwam door de kleren, misschien door de ogen, ik weet het niet precies.

Bij de kassa ik zei dat ik sms had gehad van Johan F en de meisje keek op een lijst en gaf mij een kaartje. Dat ging makkelijk! In de theater zelf het leek beetje op bioscoop, maar misschien honderd keer luxer. Aan de plafond en op andere plaatsen er waren gouden details en bij de toneel er was een klein gouden balkon voor vip-gasten. Een groot orkest met eigen dirigent zat voor de toneel en probeerde de instrumenten uit voordat de stuk begon. Een ander verschil was dat in de bioscoop veel mensen zitten met popcorn en snoep en in luxe theater niemand doet dat. Een paar mensen keken naar mij en vroegen zich af wat ik daar deed met mijn zak snoep, maar onder mijn trui ik kon de geribbelde handvat van de pistool voelen en mijn kalmte keerde terug.

Algauw de lichten gingen uit en de doek werd omhooggetrokken. De toneelstuk ging vooral over twee meisjes die ruzie maakten om de macht. De ene was kwaadaardig en had de andere in de gevangenis gegooid. Ik dacht: Nourdine is goede toneelspeler, maar dat hij koninginnenmeisje zou moeten spelen is tegen de randje aan (ook voor hem). Er kwam een gozer de toneel op die Leicester heette. Hij smeerde honing bij de kwaadaardige koningin, maar eigenlijk hij wilde de aardige meisje helpen. Ik vond wel meteen dat Leicester beetje op Nourdine leek, van uiterlijk. Zelfde lijf, zelfde leeftijd, zelfde dunne haar.

De rest van de toneelstuk was veel saai geklets en minimale actie. Soms als er iets gebeurde dat heel klein beetje humor had de hele theaterpubliek ging in een deuk liggen. Ze hadden ontzettend vreemd gevoel voor humor. Het leek beetje op toen ik de bioscoopreclame voor de film *Jalla! Jalla!* zag, toen de publiek moest ook op de raarste plaatsen lachen. (Bijvoorbeeld toen de gezin gewoon Arabisch sprak.)

Die film lijkt me nog wel leuk, maar de handeling in deze toneelstuk was vet saai en langdradig. Dat was ook de schuld van de acteurs, omdat hun stemmen en lichamen echt compleet onnatuurlijk en propvol valsheid waren. Het is moeilijk te beschrijven hoe ze praatten, want in de gewone leven kom je nooit iemand tegen die praat zoals die acteurs. Vooral die vent die Leicester speelde, praatte met ontzettend grote mondbewegingen en bijna aldoor er kwam spuug uit en hij hield zijn armen en benen ontzettend raar. Het gaf een gevoel van nietleven en van leugen en ik dacht: Bergman heeft mijn hulp nodig. Nourdine als Leicester zou Zweeds spreken met beetje accent, maar toch hij zou misschien wel honderd keer beter toneel maken. Ja, ik vind Nourdine soms ook wel beetje overdreven praten, maar hij is kinderspel vergeleken met die gozer die Leicester speelde.

De stuk ging verder en een poosje ik deed alsof ik geïnteresseerd was, maar toen mijn snoep op was ik kreeg er steeds meer genoeg van. Na de eerste bedrijf (= deel van toneelstuk) ik las wat info over de schouwburg, zette mijn tag in een van de wc's en ging ervandoor. Al de andere publiek stond in de hal of op de marmeren trap op de tweede helft te wachten. Eén vrouw was vet ontroerd, ze had make-up om haar ogen alsof ze gehuild had. Op de papier over de stuk stond dat die gozer die Leicester speelde Mikael Persbrandt heette. Terwijl ik door de stad liep ik dacht: die Bergman is een mariku die helemaal niet snapt waar het bij goed toneel om draait. Als je mensen op de toneel zet die valsheden zeggen en zich bewegen als poppen aan touwtjes, ja, dan wordt de toneelstuk langdradig en de publiek valt voor de pauze al zo'n beetje in slaap.

Toen ik kreeg de geweldigste idee uit de hele geschiedenis: wat zou er gebeuren als die Mikael per ongeluk niet meer in de toneelstuk zou kunnen meespelen? Ze zouden natuurlijk op zoek gaan naar een nieuwe acteur en nieuwe audities houden. En als Nourdine dan net op die moment een brief naar Bergman zou schrijven dat hij de koninklijke Estragon had gespeeld en dat ze nog oude vrienden van elkaar waren uit Parijs. Dan Bergman zou natuurlijk een en ander bij elkaar optellen. Eindelijk ik begreep het plan van de roodneusgod.

Maar het is wel moeilijk, want die Mikael-gozer is best zwaar. Niet gemakkelijk te bedreigen, en ook als ik van achteren kom het is riskant. Als eerste stap ik moet hem beetje meer in de gaten houden, beetje bespioneren, en daarom ik ging even later weer terug naar de schouwburg. De tweede bedrijf was afgelopen en er strompelde nog wat publiek op de trap. Ik liep stukje verder over de promenade en bij een bordje met TONEELINGANG erop ik ging op een bankje zitten, zogenaamd om de *Metro* te lezen. De hele tijd ik hield mij gereed. Misschien halfuur later de toneelspelers kwamen naar buiten en die Mikael liep er ook bij.

Ik bleef zorgvuldig op afstand om hem in te schatten. Ik checkte zijn kracht en dacht weer: dat kan probleem worden. In werkelijkheid hij was groter dan op de toneel, en ik ben wel zwaarder geworden de laatste jaren, maar toch. Ik ging denken misschien kan iemand hem overhalen verstandig te zijn, en in plaats van te bedreigen zeggen dat hij even pauze moet nemen van de toneel, om Nourdine een kans te geven. Misschien ze zouden de rol wel kunnen delen?

Ik volgde de groepje acteurs naar Stureplan. Toen ze een restaurant binnengingen ik deed alsof ik verder liep naar Svampen. Daar ik wachtte paar minuten en keek door de raam naar de acteurs. Ik fakete een gesprek met de mobieltje en verliet Svampen weer, terwijl ik de chick aan de telefoon uitschold omdat ze te laat was. Eerst ik deed alsof, zodat ik makkelijk weg kon komen, maar algauw het werd net echt. De hele weg naar de metro en op de roltrap ik schreeuwde dat ze een kutwijf en een hoer was. 'Denk maar niet dat je ooit nog met mij naar de film gaat' en 'hou op met dat gejank, hoer, het is nu toch te laat' en toen ik ophing ik bleef denken dat zij een bedriegster was en dat ik haar vanavond echt niet zou neuken, al zou ze me op haar blote knieën smeken.

Op vrijdag en zaterdag Bergman had nieuwe generales en allebei de dagen ik heb rondgehangen bij de toneelingang van de schouwburg om de acteurs op te wachten. De hele tijd ik hoopte dat ze die Mikael alleen zouden laten. Vrijdag de groep acteurs verdween in twee taxi's en zaterdag alle anderen kwamen in een groep naar buiten terwijl die Mikael en de aardige koninginnenmeisje er niet waren. Toch ik ben in de stemming gebleven en heb de hoop niet laten zakken.

Vandaag was zondag, de laatste dag van de vakantie. Papa was in de winkel en daarom ik kon in alle rust voorbereiden. Na overvloedige brunch ik verstopte de pistool in mijn broek en zette de fezmuts op (de eerste sneeuw is vannacht gevallen). Terwijl ik op de lift wachtte ik zag met mijn ooghoeken dat er iets veranderd was bij de deur van Bengt Magnusson. Boven de brievenbus er zat nieuw kaartje geplakt in de vorm van een wolk, met een naam erop geschreven: Jonas Khemiri. Ik begreep dat Jonas de nieuwe homovriend van Bengt moest zijn, want iedereen weet dat bij die mensen van de tv er zijn evenveel homo's als bij dansers. Het is vreemd, maar Khemiri klinkt bijna beetje Arabisch.

Terwijl ik bij de toneelingang wachtte ik las de krant en met perfecte timing vond ik klein ingesmokkeld artikel. Er stond in dat de VN nog meer importwetten tegen Irak hebben ingesteld, die de honger daar nog groter maken en kennelijk er zijn miljoenen kinderen gestorven, aangezien de regels heleboel medicijnen en eten verbieden. Dat gebeurt ook in Afghanistan, dezelfde VN-regels scheppen daar ontzettende totale hongersnood. (Vooral bij baby's en vrouwen.) Alweer een bewijs van de plan van de VS-politici om de Arabieren uit te roeien, onze olie in te pikken en al de land aan de joden te geven. Ik voelde hoe ik steeds kwader werd en dat de lucht geladen raakte als onweerswolken.

Toen ik de krant uit had ik slenterde langs onverlichte etalages om te kijken hoe geweldig ik eruitzag met de feztulband. Ik dacht: ik ben naaste verwant van sultan Saladin, die Jeruzalem van de christenen heeft teruggepakt en bekend was vanwege moed en heleboel schranderheid. Er was heel veel tijd verstreken toen de acteurs eindelijk weer naar buiten kwamen en zoals gewoonlijk ik stond klaar. Ik spioneerde van een afstandje terwijl de acteurs stonden te praten en te roken, en ik voelde dat ik mijn geduld verloor. De pistool schaafde tegen mijn buik en Roodneus was bij mij en zei met zijn donkere Arabische stem: 'Rustig maar, ik zorg dat die gozer straks alleen is en dan jij kunt het lot gaan sturen.' Als op bestelling het leek of Mikael ruzie ging maken met de anderen. Hij schreeuwde als een echte acteur en vlak voordat hij met een rotvaart wegliep hij gaf ze het fuckteken. Ik had het al die tijd geweten.

Hij stoomde recht op mij af met zijn grote bruine bontmuts en zwarte militaire laarzen en keek boos naar de grond en alles was koud maar toch warm. Hij baggerde door de sneeuw als een woedende locomotief en liep een straatje naar Stureplan in. De knappe actrice die de boze koningin had gespeeld riep hem ongerust iets achterna, maar Mikael liep gewoon door. Vlak achter hem de keiharde gedachtesultan kwam aangeslopen. Halim gleed naar hem toe, stil als een vis. Hij dacht: concentratie, hij dacht: kalmte, hij voelde de handvat van de pistool en ging harder lopen. Mikael rookte en ik rook de sigarettenlucht. De afstand werd kleiner en ik merkte dat hij moeite had met evenwicht en soms uitgleed. Nu het was nog maar een paar meter, ik zag hij had een schminkvlek achter op zijn muts en mijn hand lag op de ribbeltjes. Ik haalde zorgvuldig adem, want mijn stem moest wel werken nu het tijd was. Op dat moment hij stopte plotseling. Misschien hij had mij gehoord, misschien hij was bang geworden. Er was geen mens in de buurt en aangezien hij onder straatlantaarn stond ik zag dat zijn nek breed en harig was. Plotseling hij draaide zich om en staarde mij recht aan. Om zijn ogen er zaten ontzettend zwarte schminkkringen en hoewel wij bijna even lang waren het was net alsof ik kromp. Ik bleef ook staan en een paar seconden wij stonden daar op stille straat en de tijd was langzaam. Ik had mijn hand onder mijn jas, klaar om de pistool te trekken, klaar, een stap naar voren, de pistool trekken, sissen en... Net toen ik dat zou doen hij begon te lachen.

Zijn tanden waren vet geel en er zaten ook etensresten tussen. Hij grijnsde als hyena op de savanne en ik dacht: deze vent ga ik pakken, ik ga afrekenen met die pikkenzuiger en ik had mijn hand, alles spande zich en toen hij zei: 'Wel? Waarmee kan ik u van dienst zijn?'

Hij maakte beetje aanstellerige buiging en zijn stem was donker en maakte een echo in de kleine straatje. Toen het leek wel of mijn moed tot onder nul zakte en ik had geen goede antwoord. Er waaide winterlucht onder mijn jas en ik deed een poging.

'Yo man, jij speelt toch in de Bergman-schouwburg? Ja toch? Geef het maar toe.'

Het duurde lang voordat hij antwoord gaf en toen hij iets zei het was alsof hij mij voor de gek hield.

'Als je die rol van Leeeeeicester in *Maaaaaria Stuuuuuart* van Schiller bedoelt. Dan is het antwoord. JA! EN?!'

Hij schreeuwde dat laatste echt en er zaten kringen schmink om zijn ogen en die bontmuts op zijn hoofd zat scheef en hoewel ik dacht: deze vent is een superslechte jood uit de nederzettingen of een ontzettend valse politicus van de VS ik voelde dat mijn hand de ribbeltjes losliet.

'Oké.'

Ik weet niet wat er gebeurde, de lafheid nam mijn hand plotseling in bezit en die Mikael bleef maar naar mij kijken en misschien hij glimlachte beetje. Vervolgens hij draaide zich om en stak de straat over.

Op dat moment mijn lichaam werd wakker, mijn rechterhand rukte de pistool tevoorschijn en de sledebeweging, die anders zo moeilijk was, ging nu supergemakkelijk. Ik hief de wapen omhoog, mikte en drukte af. De kogel trof hem in zijn been en de geluid van de schot galmde na en de bloed golfde op de grond. Hij viel als in slowmotion. Hij brulde en schreeuwde en als ik naar hem toeging hij zou zeggen: 'Oké, ik stop met toneelspelen. Nu, morgen, ik zal nooit meer Leicester spelen!'

Maar in plaats daarvan ik bleef staan terwijl hij verderliep, zijn muts rechtzette, beetje uitgleed over de sneeuw en in een restaurantje verdween. De pistool zat als vastgelijmd onder mijn riem en mijn hand die de wapen had moeten trekken, die had moeten richten en schieten, voelde verdoofd. Ik bleef nog hele poos onder de straatlantaarn in de natte sneeuw staan. Vervolgens ik stopte de fezmuts in mijn jaszak en liep naar de lift bij Östermalmstorg om die met sterren en manen te beschilderen. Maar vanbinnen alles was compleet leeg en ik voelde teleurgestelde blikken en diepe zuchten van de toekomstige Halim.

4

Geduld is een mooie naam

Eerst Halim was zacht, maar nu de hardheid heeft overgenomen, en hoewel de eenzaamheid soms terugkomt er kan aan de buitenkant nooit iets te zien zijn en daarom er is geen kans op problemen en hij zal ze nooit iets laten merken, plus dat alleen klootzakken en mariku's pistolen nodig hebben om de boel hard te spelen. Daarom Halim liet de pistool thuis en deed niets toen Hristo met zijn maten in de lunchpauze ruzie zocht in de biljartkamer. Misschien Hristo trok aan mijn keu, misschien hij weigerde los te laten, misschien zijn vriendin en alle anderen giechelden en misschien ook hij zei iets met de bedoeling om ruzie te krijgen en misschien zelfs hij zei paar keer motherfucker, hoewel als hij dat zei ik kan het niet gehoord hebben, want ik incasseerde de klappen en de schoppen zonder iets terug te doen en ik liep gauw met knop op mute door naar de gang de kluisjes de wc, want niemand zal ooit iets zien.

Later bij de lunch de goden wilden alles echt megashit maken, want de gebons in mijn slapen bleef doorgaan en de andere jongens in de klas keken van afstandje en ik hoorde Stefan zeggen: 'Marit zuigt het chroom van je trekhaak', en hij gaf David een stomp met zijn elleboog en iedereen lachte en ze floten ook nog misschien en ik wilde mijn carrière als filosoof opgeven en terugkeren naar de vandalisme mij op tafel storten schedels splijten Stefans gezicht nog een horsekick geven en pas ophouden als hij met een infuus bij de schoolverpleegkundige lag. Hij zou nog meer slaag krijgen dan de scheidsrechter bij de Sint-Erikscup in de achtste, want Stefan is echte homohoer met idiote lachkuiltjes en zijn synthband is slechter dan Abba en ik weet nog hij pingpongde een keer tegen een paar lui uit de vijfde en kwam niet eens in de finale. Na de lunch gym met trefbal en ja hoor, man, met balsporten ik versla ze allemaal weet je, plus de tandartsen van hun neven. Ik stond eenzaam aan de top totaal zonder gedachten ik gooide als een gek met de rode bal iedereen moest naar de andere kant en ik wist me de hele tijd te redden, als enige te overleven, ik versloeg iedereen totaal, ze probeerden zich te beschermen met handen en hoofd want daar het geldt niet als je geraakt wordt en de bal is van heel zacht rubber maar toch heleboel keer beetje rubber heeft meer kracht dan je denkt en de derde keer Stefan riep: 'Hé zeg, nok daar eens mee', maar ik was even doof als de scheidsrechter van Sint-Erik blind was en ik ging door, ik raakte en raakte en raakte en misschien bij de vijfde keer het bloed kwam in grote druppels uit zijn neus en viel op de waardeloze sneakers van Stefan de Hoer. Hij hield zijn handen onder zijn neus en iemand haalde papier, maar iedereen zag toch supergrote snottebel, die op kauwgombel leek. Hij begon bijna te huilen als een meid, hij snotterde en Micke, de gymleraar die frisbeegolf speelt in de nationale kampioenschappen en beetje homohater is, stuurde de loser van de veld af. Met de grootste gemak ons team won twee van de drie wedstrijden (terwijl wij de meeste meisjes hadden).

Ik dacht dat trefbal wel genoeg zou zijn om in evenwicht te blijven, maar na afloop de jongens moesten naar de schoolverpleegkundige voor inenting. Iedereen moest meteen na het douchen twee trappen op naar de wachtkamer en daar wachten, nog bezweet van de douche en vanbinnen nog warm en iemand zei: 'Anna's tieten zijn bijna te groot, nee serieus', 'Hoe bedoel je te groot', en: 'Jessica is knapper', 'De schoolverpleegkundige heeft gratis condooms' en Stefan duwde de tissues dieper in zijn neus en zei dat hij er minstens twintig moest hebben en toen kwam Jörgen naar buiten en iemand ging naar binnen. Ik kwam een stapje dichter bij de deur en het was net of er windvlaag van herinneringen naar buiten kwam, ik weet niet of ik me verbeeldde, maar dat maakt niet uit, want met geuren je herinnert je dingen en de ziekenhuislucht is altijd hetzelfde en Halims herinnering is sterker dan die van de meeste anderen. Hij denkt dat alles rustig is, maar opeens hij krijgt vet veel kippenvel en dan ik zie mama op haar rug liggen en er is net een onderzoek gedaan, haar gezicht doet het niet meer, ieder spiertje is bezig te verdwijnen, er is geen enkele kleine beweginkje meer, alles is stil, het druppelt in de slang en ik weet nog er is groene stof om het bed heen en aan de andere kant er snurkt een man en soms een vrouw die in de andere hoek ligt wordt wakker en vraagt dan wanneer haar zoon haar komt halen en dan ik zeg: 'Het is midden in de nacht, slaap maar verder', maar die vrouw houdt niet op, wil weten wie ik ben, vraagt hoe laat het is, vraagt naar de ontbijt, maar ik zeg het is midden in de nacht en ze moet slapen en dan ik kijk naar mama en aan haar ogen ik zie dat zij haar hand op de mijne wil leggen om me te kalmeren, want je leert al die dingen zien in mama's ogen nu al het andere niet meer werkt.

Ik zat in de wachtkamer en probeerde alles achter slot te houden, maar dan het komt nog een keer, de lucht en de wind en weer een stukje opschuiven en ze hebben het over prutvoetbal van Nybohov en wat hebben we straks en denk je dat we een SO krijgen en de lucht en de blauw-wit gestreepte rubberen armband waar haar naam in grote letters op stond en ik herinner me dat die eindelijk eens een keer niet fout gespeld was. Dan papa komt terug, hij zegt hij heeft het niet begrepen en daarom ik moet mee naar de gang en de dokter praat nog eens met papa alsof hij een kind is, maar eigenlijk ik ben toch de kind, maar ze praten met mij alsof ik volwassen ben en leggen uit hoe lang het gaat duren en papa wil dat ik zeg, vertaal, uitleg, maar ik kan het niet en ze hebben het over tijden en medicijnen. Het is als aftellen en als het eindelijk afgelopen is, ik weet het nog, we hebben in de wachtkamer geslapen, teletekst staat aan, ver weg boven de water er is nevel, maar toch de zon is op weg naar boven. Ze denken het heeft geen zin om met papa te praten, daarom ze maken mij wakker en ze zeggen ze is heengegaan, en ik snap het niet, hoezo heengegaan, waarheen dan? Maar ze strelen mijn arm en zeggen dat het afgelopen is en dan ik begrijp het en alles wordt wazig, papa wordt wakker en houdt mij vast en is sterker dan ooit. Ik ga vanbinnen helemaal kapot en ze staan daar nog en zeggen het is in elk geval rustig gegaan en ik weet nog dat ik denk dat ze het nooit zullen snappen. Toen het was afgelopen en wij gingen naar huis, en de volgende dag al papa zegt dat hij wil verhuizen, hij wil naar Zinken, hij wil de herinneringen achterlaten, hij wil weg van het oude, maar de herinneringen zijn er nog steeds. Het is niet gemakkelijk om weg te lopen van herinneringen denkt Halim terwijl hij buiten de school vlak bij de bosje staat en zijn neus snuit in zijn hand, sneeuw in zijn gezicht wrijft en denkt: niemand zal iets merken, niemand mag het merken als je vanbinnen zo ontzettend zacht bent.

Eerst ik dacht dat de oude onrustdromen weer op bezoek waren gekomen. Het is lang geleden dat ik die had, bijna twee jaar. Maar midden in die dromen papa schudde aan mij en zei dat ik had geschreeuwd en geijld en dat hij mij al in de trappenhuis had gehoord. Ik lag onder de geruite deken en mijn hele lijf was kletsnat en mijn knieën schokten van de rillingen. Papa haalde de thermometer en toen het klaar was ik zag aan zijn gezicht dat ik de volgende dag niet naar school hoefde.

Ik ben nu twee dagen thuis en de draaierigheid in mijn lichaam is er nog steeds. Papa heeft de winkel extra vroeg dichtgedaan omdat hij zo ongerust is en voor de lunch hij heeft klonterige kippensoep gemaakt. Hij vickst me twee keer per dag in en de muntlucht van de zalf en de warmte in mijn borst zeggen dat ik gauw weer beter ben.

Gisteravond tegen zessen de koorts nam eindelijk een eerste pauze en ik kon zonder al te veel duizelingen naar de bank kruipen. Voordat *Jeopardy* begon papa vroeg weer of er iemand had gebeld. Ik kon niet absoluut zeggen van niet, want je hoort de telefoon zelden als de koortsdromen op zijn hevigst zijn.

We aten yahnet ba'ar en hoewel de vlees mals was ik kon nauwelijks twee happen naar binnen krijgen. Papa zei met bezorgd gezicht: 'Toe nou, je kunt best wat meer tomaat... Hier, aubergine, aubergine is goed tegen alle ziektes.'

Toen papa naar de wc was de telefoon ging en eerst ik hoorde niet dat het Kerstin was. Het klonk beetje alsof ze maagpijn had of verkouden was.

'Hallo Halim.'

'Hallo.'

'Zeg. Ik... Ik... Is je vader thuis? Kan ik hem even spreken?'

Ik bleef in de huiskamer liggen, terwijl papa de telefoon meenam naar zijn kamer. Ik dacht alles gaat verder, alles komt goed, alles komt in orde. Met onregelmatige tussenpozen ik hoorde papa 'hm' zeggen.

'Hm... hm... ja, ik begrijp het... natuurlijk... hm... niemands schuld... hm...'

Hoewel ik de deken dicht om me heen had getrokken en er veel arrisa in de saus had gezeten de kou zat nog binnenin en algauw mijn tanden begonnen weer te klapperen.

Papa hing op en ging vlug terug naar de wc. Misschien vijf minuten later hij kwam naar buiten. Eerst ik dacht alles is goed, er is niets aan de hand. Maar eigenlijk ik zag de roodheid van papa's glanzende ogen wel. Hij schonk een glas whisky in en zat zonder iets te zeggen. Ten slotte hij zei dat ik de groeten kreeg van Kerstin. Toen hij vroeg of ik naar *Wie wil er miljonair worden* wilde kijken, hij had het opgenomen. Ik zei dat ik wel wilde, maar kort daarna ik ging weer tegen de vlakte en nu het lukt me niet meer om verder te schrijven.

Knettergek gedroomd. Eerst ik herinner me iets van een oerwoud met indianen en apen en daarna een go-cartbaan. Papa staat naast me een suikerspin te eten en ik bots met heleboel autootjes, maar ik weet niet meer wie erin zitten. Even later het lijkt meer op circus met kinderen die knuffeldieren hebben gewonnen en bang zijn voor de clowns en een ezel die op zijn achterpoten loopt en vet beleefd is, zijn hoed afneemt en zijn stropdas rechttrekt en aan een dokter vraagt of hij tango wil dansen. Dan de lucht begint naar onze oude flat te ruiken en het wordt donker tot het licht aangaat en ik zit tussen de publiek, niet ver van de toneel, en David Letterman komt op, maar het is heel raar, want hij is maar één meter lang en hij draagt een pak met korte broek. Hij zegt iets wat ik ben vergeten en even later papa en mama zitten op de toneel en papa is helemaal in rood gekleed (zijn schoenen ook), maar mama heeft een jurk met pailletten en krullen in haar haar en ze lacht om de grappen en papa kijkt zenuwachtig. Mama zegt in het Amerikaans het was niet zo moeilijk om de film te maken, want 'that's what acting is all about'. En ze zegt datzelfde nog een paar keer en lacht naar de publiek en Letterman grijpt naar zijn oor en zegt dat hij alarm heeft doorgekregen van de centrale en de show moet stoppen en de publiek begint 'boe' te roepen, de brandalarm rinkelt, sommigen beginnen te dringen en te roepen dat ze naar buiten willen en iemand gooit tomaten op de toneel, de alarm rinkelt weer en op de toneel er is beetje paniek en mama is weg, maar papa zit er nog in zijn rode kleren en ik kan het niet helpen maar ik vind dat hij er beetje uitziet als een loser.

Ik werd wakker en wist niet zeker of het droom was of niet. Ik nam de deken als beschutting en ging naar de deur om te kijken.

Opnieuw de deurbel klonk in de hal en ik sloop voorzichtig op de deur af om door de kijkgaatje te kijken. Buiten in de trappenhuis daar stond Alex. Alles was heel vreemd en ik kon mijn ogen niet echt geloven; ik keek nog eens, maar hij was het echt met een te grote Hilfiger-jack en een zakkige spijkerbroek aan. Hij zuchtte alsof hij wist dat ik naar hem keek en wilde dat ik zou snappen dat hij teleurgesteld was. In de vreemde ronde hoek ik zag dat hij op punt stond om nog een keer aan te bellen, maar hij werd gestoord door een idioot lange gozer, die uit de lift kwam. Die gozer was misschien wel twee meter lang, met te klein jasje en gezicht als van een meisje. Om zijn nek hij had rafelig dasje en in zijn hand hij droeg drie of vier plastic tassen met eten. Je kon zien dat hij ze bijna niet kon dragen. Alex en die gast keken naar elkaar en gaven knikje, alsof ze elkaar kenden. Die gast haalde sleutel uit de zak van zijn jasje en bijna ik kreeg gevoel dat hij langs Alex heen wilde dringen om onze deur open te maken. Maar ik zag dat hij naar de deur van Bengt ging, openmaakte en voorzichtig de tassen de hal in schoof. Alex was blijven staan en bleef hem lang nakijken. Het leek beetje of hij hem van vroeger kende, maar de gezicht niet kon plaatsen. Of misschien hij was onder de indruk dat wij naast bekende vent van de tv plus zijn homovriend wonen.

In plaats van nog een keer aan te bellen Alex ging naar de lift. Ik bleef staan tot ik de licht van de lift zag verdwijnen en toen ik werd weer megaduizelig, want mijn lichaam is nog zwak.

Vandaag ik werd midden op de zondag wakker en eindelijk ik voelde mij beter. De koorts was verdwenen en de hoofdpijn ook bijna. Toen ik opstond van mijn bed en probeerde of ik rond kon lopen mijn lichaam was weer gewoon, maar toch ook anders. Het was beetje zelfde gevoel als wanneer je nieuwe tandenborstel hebt en je mond is er nog niet aan gewend.

Papa en Nourdine zaten in de huiskamer en papa leek beetje down. Nourdine fluisterde dat papa vet ongerust over mij was geweest en niet had kunnen slapen omdat ik nachtenlang heleboel onzin had geijld. Daarom papa had geen tijd gehad voor de afwas en dergelijke, dus de flat was in complete chaos. De aanrecht en de keukentafel stonden propvol flessen en opgedroogde etensresten en losse wijnkurken en lege blikjes. Boven de citroen in de fruitschaal er zoemde een zwerm vliegjes. Misschien mijn ziekte herinnerde papa aan andere ziekten en dan is het niet makkelijk om in slaap te vallen, snap je wel. Nourdine ging weer naar papa in de huiskamer en ik hoorde dat hij in zijn handen klapte om te proberen papa op te vrolijken.

'Hé kom op, we gaan iets doen. Ja toch? Halim! Ben je eindelijk weer opgeknapt? Kom, we gaan een lekkere winterwandeling maken en dan gaan we even bij Samir langs. Wat vinden jullie? Een videofilm en een paar nootjes? Klinkt dat aanlokkelijk?'

Papa knikte zonder mij in de ogen te kijken.

Misschien het was de ziekte of de dikke sneeuw die maakte dat deze zondag zo speciaal aanvoelde. Mijn oren waren koud en mijn schoenen kraakten terwijl ik over de paksneeuw liep. Verderop ik hoorde papa en Nourdine praten, maar de stemmen werden gedempt door de sneeuw. De zon scheen fel met helemaal gezuiverde winterlucht en het voelde beetje alsof ik honderd jaar had geslapen net als in de sprookje. Ik dacht: het enige wat je nodig hebt in je leven is gewoon lekker in de winterzonnetje lopen en de lucht ruiken. Dat is voldoende.

Papa en Nourdine waren er eerder dan ik en door de etalage ik zag dat iets mis was. Papa zwaaide met zijn vuist naar de kassa en Nourdine stond naast hem en probeerde hem te kalmeren. Papa was zo boos dat niemand merkte dat ik de winkel binnenglipte en in de hoek ging staan.

'Hoe lang hij heeft gewerkt?' riep papa. *'Drie jaar verdomme, drie jaar wij komen hier en er zijn nooit problemen geweest!'*

Achter de kassa een bleke loser met blonde snor stond kauwgom te kauwen als een koe.

'Sorry meneer, maar zo zijn de regels. Ik weet niet wat voor speciale afspraken jullie hadden, maar Samir werkt hier niet meer. Duidelijk?'

'Drie jaar en nu jullie gewoon laten vallen! Waarom jullie doen dat?' papa riep weer.

'Drie jaar te veel als je het mij vraagt. We kunnen het ons niet permitteren dat mensen die hier werken maar komen en gaan wanneer ze willen. Dat gaat gewoon niet. Dit werk vereist nu eenmaal een beetje...'

'Drie jaar, is drie jaar niet genoeg?'

'Rustig, Otman, rustig', Nourdine zei in het Arabisch.

'Houdt u zich een beetje rustig, zeg. Zo is het nu eenmaal en als het u niet bevalt, dan is daar het gat van de deur, dan kunt u gaan.'

De Zwedo wees naar de deur, hij klonk vet nonchalant.

'Trouwens, ik heb de bewaking gebeld en die kan ieder moment hier zijn.'

Toen deed papa beetje zoals op de rommelmarkt, als hij doet alsof hij wegloopt van iets wat hij eigenlijk wel wil hebben. Hij zei tegen Nourdine dat alles oké was en dat Nourdine hem wel los kon laten. Nourdine liet papa's arm los en ging vlug naar de deur, zonder mij te zien. Papa liep achter hem aan, maar op dat moment die Zwedo riep: 'Zo ja, vooruit met de geit.'

Toen papa hoorde dat hij 'geit' werd genoemd hij werd superpissig en gooide zich tegen de toonbank met een brul als van een vleesetende dinosaurus. De Zwedohomo deinsde terug en ik snap dat wel, want papa's ogen puilden uit en zijn tanden knarsten. Toen papa niet bij de Zwedo kon komen om hem te wurgen hij trok de kast met chips omver en smeet die met kletterend lawaai op de grond. Nourdine was onmiddellijk terug en vloekte in het Arabisch terwijl hij aan papa sjorde om hem mee te krijgen naar de straat. Hoewel papa een kleiner lijf heeft dat was een keiharde strijd. Net als je dacht dat Nourdine de overhand had papa toverde een extra arm tevoorschijn die filmdoosjes neermaaide of een derde been die de bakken met schepsnoep omtrapte.

Ten slotte het lukte Nourdine en ik zag hoe papa buiten op de stoep uitgleed op het ijs en beetje kinderlijk op de grond ging zitten. Nourdine moest weer aan hem sjorren om hem overeind te krijgen. Even later ze verdwenen hollend in de richting van onze flat. Ik had heel rare gevoel en het was net of mijn lijf nog steeds beetje ziekte en koorts vanbinnen had, waardoor ik ging denken dat alles natuurlijk maar een droom was, nog één zo'n aanval van gekte en ik zou wakker worden in bed, vol kou en rillingen. Maar algauw ik begreep het was werkelijkheid. De videotheek zag eruit alsof er was ingebroken; er lagen overal kapotte chipszakken gemengd met videodoosjes en een plastic bak met winegums was aan de zijkant kapotgegaan. De Zwedo stond knetterbang achter de kassa, hij had de telefoon nog in zijn hand.

'Zag je dat? Zag je wat er gebeurde?' hij vroeg mij. 'Wat een idioot!'

Ik gaf geen antwoord en wilde net weggaan toen de bewaking kwam aanrennen. Ze waren verbaasd over de chaos in de zaak, maar je kon merken dat zij die gast achter de kassa ook niet echt mochten. Hij begon meteen te schelden dat ze te laat waren. Hij praatte met hoog stemmetje en zei dat de zaak was aangevallen door een 'Turk met een Turkensnor'.

'Wat een goed signalement', de ene bewaker zei (wel met vet veel ironie in zijn stem).

De bewakers lachten naar elkaar en hielpen mee de boel beetje op te ruimen. Ze zeiden tegen de Zwedo dat hij net zo goed geen aangifte kon doen.

'Ik weet het, je bent hier nieuw, maar je zult eraan moeten wennen dat het er soms pittig aan toe gaat. Hier vlak naast ligt een logement en daar zit een hele horde aso's en verslaafden.'

Ik sloop weg zonder dat iemand het merkte. In mijn jaszakken ik had drie Dubbeldaims, twee Marsen, vier doosjes Zoo en een stuk of vijf, zes lollies. Toen ik thuiskwam papa had zich in zijn kamer opgesloten en hij is er nog steeds niet uit gekomen. Ik ben niet ongerust, want ik snap wel dat hij gewoon uitgeput is na heleboel slaapgebrek en ongerustheid en boosheid over de racisme van Solstrålen.

VANDAAG IK HAD zin om de draad weer op te pakken. Bijna het was fijn om dag te roepen naar papa's kamer en weer naar school te gaan.

Alex maakte natuurlijk beetje problemen omdat ik weggebleven was zonder ziekmelding. Bij Zweeds hij overreedde Björkman dat ik aparte les nodig had en op weg naar de speciale kamer je zag hoe hij zichzelf oppepte om hard te zijn. Zijn ene been sleepte over de grond alsof hij zwaar getackeld was en waarschijnlijk hij verbeeldde zich dat hij een keiharde negerleraar in gitzwarte Amerikaanse getto was die serieus gesprek moest hebben met lastige leerling. Zodra we in de kamer waren hij ging op de lessenaar zitten en keek mij strak aan.

'Waar ben je maandag gebleven? Nou? Denk je dat je gewoon naar believen de school uit kunt lopen? Ik dacht dat wij een deal hadden, jij en ik. Hoe staat het met je biologieverslag?'

Toen hij geen antwoord kreeg hij ging over op beetje tegenovergestelde psychologie.

'Ik snap jou gewoon niet. Waarom doe je niet wat we zeggen? Ben je zo bang voor een klein prikje dat je moet spijbelen? Een hele week?'

Toen ik hem bleef negeren hij hield lange toespraak over de grote belang van een eindsprint en dat je niet in de laatste weken moet opgeven en vervolgens hij liet mij beloven dat ik

Björkman voor de eind van de semester de *Papaya*-boek teruggeef.

'En als bonusinformatie kan ik je vertellen dat ik een afscheidscadeautje voor je bedacht heb. Als je tot het eind toe volhoudt en voor al je basisvakken een voldoende haalt... Zo geweldig is dat niet, maar toch... Ik weet dat je er blij mee zult zijn.'

'Oké. Ben je klaar?'

Alex zuchtte van onderuit zijn buik.

'Nee, niet echt. Ik heb nog een vraag. Hoe gaat het met het verven?'

'Hè?'

'Het verven? Het klodderen? Het tags zetten? Gaat het goed? Nog een paar wc's onder handen genomen de laatste tijd?'

'Ik weet niet wat je...'

'Denk maar niet dat je mij voor de gek kunt houden, man. Ik snapte heus wel dat jij dat was geweest, toen in september. Just for your information. Ik heb alleen geen tijd gehad om je op heterdaad te betrappen.'

'Wat klets je nou...'

'Ik heb andere dingen te doen gehad. 't Is maar dat je het weet.'

'Oké, man. Oké.'

Alex dacht even na voordat hij verderging.

'Weet je hoeveel geld dat geklodder van jou ons heeft gekost? Heb je daar enig idee van? Weet je dat er sprake van is dat ik ontslagen moet worden, omdat ze straks misschien geen geld meer hebben voor mijn salaris?'

De stilte tikte op de maat van de wandklok en een tijdje niemand zei iets. Alex bleef met boze Chinezenogen naar mij staren en deze keer hij wendde zijn blik niet af (al moest hij natuurlijk wel een paar keer erg knipperen).

Het was hoog tijd om hem al mijn megakennis te laten zien,

zodat hij zou begrijpen dat ik geen gewone gangsta was. Ik begon mijn weerwoord met een uitleg van de ster en de maan, vervolgens ik nam de hele geschiedenis van de Arabieren door met beetje Hannibal en heleboel filosofen en toen ook nog beetje Integratieplan en koppeling aan de kantine. Alex was vet onder de indruk natuurlijk. Alleen toen ik over de joden begon en over de massamedia hij begon ongeduldig met zijn sleutelbos te rammelen en naar de klok te kijken.

'Het is een feit, man. Er zijn geen joodse sporters. Weet je waarom? Wil je het weten?'

'Ja. Goed, Halim. Vertel me waarom. Maak me wijzer, gij geleerde man.'

'Zeker. Met plezier. Bij sport je kunt namelijk niet stiekem voordringen met geld en contacten! En met de holocaust het is eigenlijk net zo, want eigenlijk het waren helemaal niet alleen maar joden die doodgingen, maar ook een heleboel...'

'What the fuck, man! Meen je dit serieus? Of neem je een loopje met me?'

Alex keek alsof hij me had horen zeggen dat ik hondenpoep als hairwax gebruikte.

'Hoe kun je zulke dingen zomaar zeggen?'

'Ik zweer het, Alex, het is net als met de eten in de kantine, je moet gewoon anders denken om het te begrijpen. In plaats van "o ja, visburgers" moet je denken aan de theorie erachter en dan je begrijpt dat het alleen maar een nieuwe manier van integreren is.'

Alex schudde zijn hoofd en ik kreeg de idee dat hij vanbinnen beetje glimlachte.

'Oké. Maar... vind je het niet raar dat jij je een... wat zei je ook alweer, "gedachteprofeet"? Oké, dat jij je een "gedachtesultan" noemt? Terwijl je tegelijk ook in die kantinecommissie zit. En op die vergaderingen heb je nou niet bepaald het hoogste woord gehad.'

Alex scheen problemen te zoeken en ik zou net de perfecte

verklaring geven toen hij me onderbrak.

'Trouwens, je moet niet vergeten dat jouw manier om dingen te veranderen helemaal in de lijn ligt van het klassieke allochtonenstereotype. Het is toch verdomme veel gemakkelijker om aan de verwachtingen van de mensen te voldoen dan om je gewoon niks van ze aan te trekken.'

Ik had hem natuurlijk met de eenvoudigste argument onder mijn voetzool kunnen verpletteren, maar in plaats daarvan ik liet hem schitteren. Soms je moet beetje gevoel tonen voor de zwakkeren hier op aarde.

's Avonds ik wilde papa vragen of hij dacht dat ik daar goed aan had gedaan, maar hij zat nog steeds in de kamer met de deur dicht. De flat is net als anders, alleen beetje stiller.

Sinds de vorige keer alles gaat weer zijn gewone gangetje. Vandaag in de lunchpauze ik liep voor het eerst sinds lange tijd rond bij de oude rookhoek. De paksneeuw was poeder geworden, dus er was geen sneeuwoorlog aan de gang. De stalen slagboom was te koud om op te zitten. Ik pakte mijn huissleutel en vijlde H+M=ECHT weg. (Dat had ik lang geleden in de boomstam daar gekrast toen ik en die stam allebei superzacht waren.) Toen er eindelijk geen letters meer te zien waren ik ging naar de studio om te kijken of Morris er was.

Ik maakte een kringetje met mijn handen om naar binnen te kijken en de ruit maakte mijn neus beijzeld. De kamertje was helemaal leeg op twee verlengsnoeren, een lege colafles en een paar bergjes stof na. Eerst ik dacht iemand heeft perfecte inbraak gepleegd en de computers en basgitaren en luidsprekers op de rommelmarkt verkocht. Maar even later ik snapte dat zelfs de hebberigste inbraakdief niet de bruine leren bank of de jazz- en bluesposters die boven de tafel hadden gehangen zou meenemen. Ik liep de trappen af en spiedde rond bij de deur van de studio. Op de muur waar de zilveren naambordje had gezeten er zat nu een verbleekt vierkant. Er staken heleboel reclamefolders en enveloppen uit de brievenbus en ik was net bezig de brieven eruit te peuteren toen ik voelde dat de winterzon werd verduisterd door iemand die van boven af toekeek.

Hartkloppingen waren niet nodig, want het was natuurlijk

niet de politie of Alex, maar Curre, die een gek gezicht trok en riep: 'Hallo hallo hallo!'

Hij had zijn gewone flanellen overhemd aan, maar op zijn hoofd hij had een pet die beetje leek op pilotenpet met speciale stof over zijn oren. Ik verklaarde dat Morris al zijn spullen had gepakt en naar New York was verhuisd, en dat er toch iemand moest kijken of er geen belangrijke post was. Met voorzichtigheidsvingers ik peuterde alle enveloppen los die vastzaten, rende de trap op met de post onder mijn jack en verstopte me achter de bosjes. Curre achtervolgde mij en ik liet hem. Om hem iets nuttigs te laten doen ik gaf hem stapeltje brieven.

'Hier, man. Voorzichtig openmaken. Als je geld vindt, geef je het aan mij. Gesnapt?'

Curre begon behulpzaam brieven open te scheuren met zijn dikzakvinger. Het was voornamelijk saaie post van bijvoorbeeld de verzekering en de belastingdienst. Maar er waren ook paar uitnodigingen voor feestjes. Voor een galapremière van *Het leven is een tophit*, voor een feest vanwege een nieuwe parfum van Lagerfeld in East en voor een andere film die *Alles over mijn moeder* heette (vet irritante naam).

En er was een envelop van Tiger, waar een flyer in zat met reclame voor groot reggaefestival afgelopen weekend. Ik gaf de uitnodiging aan Curre, want er stond foto op de voorkant van een pornoachtige negermeisje met pijpmond en luipaardhemdje en een kont waar geen blanke meisje aan kan tippen.

'Hier, man, alsjeblieft. Kun je gebruiken om je bij af te trekken.'

Curres mond viel open en een paar lege enveloppen vielen in de sneeuw.

'Ooohhh. Wat een pudding. Wat een echte pudding, hé, wat een echte, echte pudding… Een poema… Een pudding…'

Ik stopte alle andere uitnodigingen in mijn jaszak, want als je een meisje tegenkomt het is goeie truc om al die vip-feesten te laten zien waar je geweest bent. Curre bleef achter de bosje staan toen ik naar school terugging. Volgens mij hij probeerde die chick op de flyer tussen haar benen te likken (of anders hij keek van heel dichtbij).

Toen ik door de raam van de overblijflokaal keek of ik Hristo zag Faud stak zijn hoofd naar buiten om te zeggen dat alles rustig was. Hij maakte plaats op de bank en trakteerde op Refresh en vertelde dat hij en nog een paar anderen vonden dat Hristo de grens had gepasseerd door zo irritant te doen in de biljartkamer. Fadi en Nader (uit de achtste) knikten. Hoewel ze volgens de theorie vet verzweedst zijn en *Doom* spelen op de netwerk in de informaticalokaal, het was vet relaxed dat ze mij hun steun gaven. We speelden tafeltennis dubbel en mijn supereffectballen zorgden dat ik en Faud twee sets achter elkaar wonnen. Fadi zei dat mijn services compleet onneembaar waren en Nader zei dat hij de volgende keer met mij wilde dubbelen.

Op weg naar de volgende les het was leuk, want we liepen met elkaar op en opeens het was net alsof wij vieren al jarenlang een clubje waren van vrienden met moeders die roddelden en vaders die in de weekend gingen vissen.

Fadi vertelde lang verhaal over twee meisjes uit zijn oude klas, die in de zesde een keer de film *De groepsreis* hadden geleend van een gast die was vergeten dat hij daarna een pornofilm had opgenomen. Die meisjes gingen naar huis en keken die film met hun hele familie, die van een strenge kerkelijke sekte was en meteen na de eindtekst daar kwam die pornofilm, met Duitsers met veren maskers op die elkaar in ieder gat namen! Die chicks in paniek en net voordat ze...

Sorry. Ik werd daarnet beetje onderbroken.

Toen ik uit school kwam ik ging ervan uit dat papa in de winkel was, want zijn deur zat dicht en alles was stil. Ik maakte hapje eten klaar, keek naar herhaling van *Friends* en ging achter mijn schrift zitten. Ik was bijna klaar toen ik iemands ademhaling voelde en merkte dat papa was binnengeslopen en over mijn rug meelas. Hij had ochtendjas aan, meer baardstoppels dan anders en strepen van zijn kussen op zijn gezicht. Waarschijnlijk hij heeft hele dag gemiste slaap moeten inhalen en daarom de winkel is extra dag gesloten geweest. Ik probeerde uit te leggen dat ik bezig was met huiswerk voor Zweeds en dat ik proefkladje schreef voor opstel, maar papa staarde mij aan als geprikkelde leeuw in kooi.

'Denk jij soms dat ik gek ben?' hij vroeg met zijn tandenrijen bijna hele tijd op elkaar geklemd. 'Waarom schrijf jij zulke dingen? Waarom waarom waarom?'

'Wat dan?' ik antwoordde, terwijl ik de schrift in mijn la moffelde.

'Hou op met die onzin, verdomme!' papa schreeuwde en hij zwaaide met gebalde vuist. 'Nu is het genoeg! GENOEG!'

Papa probeerde de la open te trekken, maar ik hield mijn knie ertegenaan en weigerde weg te halen.

'Waar denk jij eigenlijk dat je mee bezig bent?'

'Hoe bedoel je?'

Ik was bijna helemaal eerlijk toen ik zei dat ik niet snapte. Papa begreep dat hij te zwak was om de la open te maken en begon nog harder te schreeuwen: 'Waarom schrijf jij zo? *Vet relaxed, gast, chick.* Nou? Wie ken jij die zo praat? Waarom denk jij dat wij verhuisd zijn?'

De spuugdruppels vlogen rond en ik kreeg beetje gevoel dat papa nog kwaadheid in zich had van de videoruzie en dat die er nog uit moest. Ten slotte ik betaalde hem met zelfde munt.

'Wat wil je eigenlijk? Wil je dat ik Zwedopraatjes hou? Ik weet tenminste wie ik ben en waar ik vandaan kom.'

'Ben je soms niet goed wijs? Denk je niet dat ik weet dat jij beter Zweeds kent dan dit? Een paar jaar geleden sprak je perfect Zweeds en nu? *"Yo chick tjallen tjallen."* Waar ben je mee bezig?'

'Ik ben in elk geval geen lafaard. Ik ben de strijd niet vergeten...'

'Strijd? Welke strijd? Er is geen strijd! Kijk naar mij, Halim. Kijk me aan. Denk je in wat ik zou hebben gehad als ik een andere keus had gemaakt. Een halfjaar. Eén halfjaartje moest ik nog studeren toen de coup mislukte. Wat kon ik doen? Jij praat net als je moeder, moge zij rusten in vrede. "Nee, we kunnen niet stoppen, we moeten doorgaan, we kunnen de strijd niet opgeven." Hier was het hetzelfde. "De strijd moet doorgaan." En nu dan? Wat gebeurt er nu? Kijk naar mij, ik zit hier met een winkel vol rotzooi. En Nourdine, kijk naar hem. Wat denk je dat hij ermee opgeschoten is? Nou? Denk je dat hij ooit een hoofdrol krijgt? Nooit. Hij heeft twee keer in zijn leven een vergissing gemaakt, de eerste keer toen hij uit Libanon wegging en de tweede keer toen hij uit Londen wegging. En Samir? Eén van de beste koks van Syrië, die in een val getrapt is en alles kwijt is en nu weer ontslagen is... Het gaat niet, Halim, dat kun je maar beter leren. Er is maar één manier om de dingen in deze wereld te veranderen. Maar één manier.'

Papa wreef voor de puntje van mijn neus zijn wijsvinger en duim tegen elkaar.

'Floes. Geld.'

Voor het eerst in jaren papa had de toon van de demonstraties, maar hij fietste nu wel op heel glad ijs. Ik sloeg terug met keihard tegenargument: 'Wat denk je dat mama zou zeggen als ze jou nu hoorde praten?'

Papa zuchtte en haalde zijn zakdoek uit de zak van zijn ochtendjas. Terwijl hij nadacht hij poetste zijn bril met schokkerige handen. Zijn boosheid kwam terug.

'Goed, oké, dan ben ik de lafaard!' papa riep terwijl hij naar de keuken ging. 'Maar ik vraag me af wie er nu vals is! Jij of ik!'

Hij smeet de deur van de keuken dicht en de foto van koning Hassan klapte even tegen de muur. Even later ik hoorde dat papa de chaos in de keuken begon op te ruimen. Op deze moment hij staat rauwkostsalade te hakken en het klinkt beetje alsof een knettergekke specht de keuken in bezit heeft genomen.

Geen zin meer in schrijven. Niet nu.

HET IS PAUZE geweest met schrijven, vooral omdat ik me op de eindtoetsen heb geconcentreerd en er niet zoveel nieuws is gebeurd. Papa lijkt gekalmeerd en we denken geen van beiden nog aan die beetje vreemde dagen vorige week. (Eigenlijk het is natuurlijk dat vaders beetje problemen hebben om hun kwaadheid goed te richten na zoveel tijd en het kan natuurlijk best overstromen en beetje verkeerd terechtkomen, bijvoorbeeld op zonen.) Vandaag het was zaterdag en daarom ik ging naar de winkel om papa te helpen met alle kerstreclame en ook om te laten zien dat ik hem die ruzie had vergeven. Naast de deur de Pokémon-machine stond met de gele knuffelbeest die zoemde en schudde en naar de ruit bewoog en weer terug. Maar hoewel Nourdine de machine afgelopen zomer heeft gerepareerd de beest is weer te ver naar voren gekomen. Iedere keer als hij bij de ruit komt hij blijft niet vlak ervoor stilstaan maar stoot zijn voorhoofd tegen de glas. Is trouwens best leuk gezicht, want hij lacht de hele tijd evenveel, met grote witte ogen en gekke Pokémon-gezicht en knalt dan weer gewoon tegen de ruit aan.

Ik dacht: ik moet papa eraan herinneren dat we de machine openmaken en de beest terugduwen. Maar in de winkel ik vergat het weer, want Nourdine en papa waren blijkbaar vet kwaad op elkaar.

Nourdine zat bij de kassa en papa decoreerde rode slingers

aan de plafond. Toen ik binnenkwam ze waren een paar seconden stil, maar even later Nourdine praatte verder terwijl hij zich naar papa had gewend, die op de trap stond. Eerst ik dacht het gaat over de gewone dingen, misschien de paardenrennen, misschien de Engelse voetbalcompetitie. Maar hoewel ze snel praatten ik begreep dat het over de nieuwe intifada ging. Nourdine zei dat papa geen onzin moest kletsen over Arafat, omdat Arafat aan onze kant stond. Papa knipte stukje rode slinger en breidde opeens zijn handen uit: 'Hoezo onze kant? Wie zijn wij? Arafat is een verdomde prutser. Met een meer begaafde bevelhebber zouden we twintig jaar geleden een eigen land hebben gehad. Als je eens wist hoeveel vergissingen hij heeft gemaakt. En laten we het maar niet over de andere leiders hebben. Verdomde idioten. I-DI-O-TEN.'

'Ik zeg niet dat hij geen vergissingen heeft gemaakt. Maar het is verkeerd om je alleen maar daarop te richten. Denk eens aan alle misdaden die de joden...'

'Nourdine, dat weet ik. Kijk naar mij. Dat hoef je mij niet te vertellen. Ik weet het. Veel te goed. Daarom ben ik ook zo teleurgesteld. Moeten we ons tot hun niveau verlagen? Er is een tijd voor geweld en er is een andere tijd voor onderhandelingen.'

'Niemand heeft gezegd...'

'Wij zijn toch intellectuele mannen, jij en ik. Of niet soms? Dan moeten we beide kanten kritisch onderzoeken. En wat hebben we nodig? Meer zelfmoordcommando's? Of meer getalenteerde onderhandelaars?'

Papa stond nog op de trap en zijn stem was superplechtig, het was de toon van de demonstraties en van papa met zijn megafoon. Handengeklap op de superzonnige plein en hoewel ik niet precies snapte wie ik aanmoedigde in de discussie, ik voelde hitte tot in mijn vingertoppen. Papa praatte als een moderne profeet daar op die wiebelige ladder die we even van de bouwplaats bij de benzinepomp hadden geleend. Nourdine probeerde er iets tussen te krijgen, maar dat ging natuurlijk niet met een vader die de gaspedaal ingedrukt hield.

'Hoezo fundamentalist…'

'Denk je dat het zo simpel is? Denk je dat er maar één oplossing is? Martelaars sturen? Burgers doden? Dan is de ware betekenis van de jihad je ontgaan. De Koran leert ons dat de grote jihad over de strijd tegen het kwade in onszelf gaat. De innerlijke strijd. De kleine jihad gaat over de strijd tegen onrechtvaardigheden. Maar geen van beide hebben ze iets te maken met terroristische aanvallen op vrouwen en kinderen!'

Ze praatten nog een hele poos door en hoewel ik niet alles begreep ik vond het fijn gevoel dat ze over belangrijke dingen praatten. Ondertussen ik hielp met de kerstversiering. Ik spoot nieuwe namaaksneeuw in de etalage, zodat de stoffigheid niet meer te zien was en ik zette nog wat kerstmannetjes in de kasten en op de toonbank. Toen ik klaar was de winkel zag er beetje uit als speelgoedwinkel (maar wel op goede manier). Er kwam bijna meteen een mevrouw de winkel binnen om twee rode spaarvarkens te kopen. Ze keek ongerust naar Nourdine en papa die nog steeds tegen elkaar stonden te schelden en zich niets van aantrokken dat zij binnen was gekomen.

'Ze zijn eigenlijk goede vrienden', ik verklaarde en ik bood de mevrouw een Kinder-ei aan.

Ik haalde nog wat meer kerstspullen uit de magazijn; het meeste wat we hebben is nog van vorig jaar. Bijvoorbeeld de rode kerstkaartspelletjes en de rode kandelaars met kerstmannetjes en rendieren erop. Dit jaar papa heeft ook extra veel kerstmannenmaskers besteld. Toen ik weer in de winkel kwam er was pauze in de discussie. Papa prijsde kerstmanneneierdopjes met viltstift en Nourdine rookte een nieuwe sigaret en keek nors. Ik voelde dat ik ook iets aan de discussie wilde bijdragen.

'Je moet niet het oude Arabische spreekwoord vergeten dat de intellectuelen grote gelijkenis vertonen met manke kamelen. Omdat ze nooit revolutie maken, dus.'

Ik glimlachte naar papa, die van de kassa opkeek.

'Wat zei je, Halim?'

'De intellectuelen. Dat die grote gelijkenis...'

'Dat hoorde ik wel. Dat heeft hij van Dalanda. Vertel eens, welke Arabische spreekwoorden heeft zij je nog meer geleerd?'

Ik was beetje trots dat hij me dat vroeg, dus ik noemde paar voorbeelden.

'We hebben: "Een man zonder taal is als een kameel zonder bult: waardeloos." En dezelfde, maar dan met een man zonder geschiedenis. En: "Een man zonder moed is geen man." En: "Steek niet de Nijl over om water te halen."'

'Zo, zo. Nog meer?'

Papa glimlachte met zijn ene wang.

'Ik weet ze niet allemaal meer. O ja: "Laffe kamelen verlangen, moedige kamelen gaan ervandoor."'

Op precies dezelfde moment Nourdine en papa begonnen te lachen. Eerst ik dacht dat het goede lach was, maar algauw ik besefte dat het puntige en kille lach was.

'Geloof jij alles wat dat mens zegt? Ja?'

'Geloof jij dat een spreekwoord Arabisch wordt als je er maar een beetje Nijl en een paar kamelen in stopt?'

Ik wist niet waar ik naartoe moest, ik wilde weg, gauw naar huis, met reuzenstappen, om geen rode slingers en plastic kerstmannen meer te hoeven zien, om de stank van Nourdines smerige sigaret niet te hoeven ruiken, maar vooral om aan die gelach te ontkomen. Papa bedaarde en keek beetje boos naar mij en Nourdine.

'Ik zal jullie een echt citaat leren. Het komt uit de Koran, dus het past goed bij twee nationalisten. "De wijze wil weten, de dwaas wil spreken." Denk daar maar over na. Allebei.'

'Hoe kun je nou alles geloven wat dat mens je vertelt?' vroeg Nourdine, vermomd achter een beetje normalere stem.

Vanbinnen mijn lijf bonsde en er lag vretend zuur in mijn

maag en ik concentreerde me om antwoorden te vinden en cool over te komen, maar mijn stem klonk toch beetje schor toen hij ten slotte uit mijn mond kwam.

'Hoe zou ik dat moeten weten?'

Toen het werd stil. Nourdine tipte voorzichtig as af en soms piepte papa's viltstift over plastic hoesje. Ze zagen er allebei uit alsof ze spijt hadden.

Straks is deze semester afgelopen en de meeste cijfers zijn gegeven, dus zelfs de nerds beginnen nu relaxter te worden met hun strooplikkerij. De hele weekend het was chaos in de winkel, want de vijfenzestigplussers moesten cadeautjes kopen en op de laatste moment hun kerstversieringgedoe regelen. Na zondagmiddag papa nam bruistablet, maar voor het eerst sinds lang hij was in goed humeur. Toen ik vertelde dat ik waarschijnlijk voldoende heb voor al mijn basisvakken hij feliciteerde en beloofde dat we mijn rapport gaan vieren in een restaurant. De winkel had bijna kasrecord gebroken en hij strekte voldaan zijn voeten op de stoel naast zich en geeuwde lang.

'O, o. Wat ben ik heerlijk moe. Moe van heel lang heel hard werken.'

Hij liet zwijgend zijn nek knakken, terwijl ik de afwas op de aanrecht zette en sop maakte. Even later hij vervolgde in het Arabisch: 'Ik herinner me de ochtend dat jij geboren werd. Ik had nachtdienst gehad in de metro en ik was al dertig uur achter elkaar op. Als het niet meer was. Toch was ik niet moe. Echt helemaal niet. Jij lag in die buik uur na uur te wachten en weigerde naar buiten te komen. Ik was wel zenuwachtig, echt ongelooflijk zenuwachtig. Maar eindelijk, om halfacht 's morgens, besloot je dat je eruit zou komen.'

Papa glimlachte als iemand die denkt aan picknicken in de

warme zomergras, tussen meisjes en madeliefjes.

'Ik herinner het me als de dag van gisteren. Ik stond naast het bed en mijn hele lichaam sidderde. Ik moest de navelstreng doorknippen – ik weet niet of dat tegenwoordig nog mag, maar toen mocht dat wel – en jij schreeuwde de longen uit je lijf. Wat was jij boos. Verschrikkelijk gewoon.'

Papa's blik was ver weg en ik dacht: hij lijkt een beetje op Curre als hij zo kijkt.

'Toen ging ik naar huis. Ik liet Leyla achter in het Huddinge Ziekenhuis en nam de bus en de metro naar huis. Ik heb boodschappen gedaan, weet ik nog. Ik kocht een krant en wat groenten. Het was net Songfestival geweest. Ik kocht knoflook en van die minitomaatjes. En ik dacht: dit is zo'n dag waarop Allah in een goed humeur is en iedereen naar je lacht. Toen kwam ik thuis en daar kwam ik tot de ontdekking dat ik nog steeds de blauwe plastic sloffen van het ziekenhuis aanhad.'

Papa lachte lang. En ik lachte ook, hoewel ik het verhaal al vele malen had gehoord.

We aten ijs met stukjes fruit voor de tv en zoals gewoonlijk was Bengt Magnusson op tv met *Wie wil er miljonair worden.* Als papa een paar woorden niet begreep hij vroeg meteen of ik ze wilde vertalen. Na de programma ik vroeg papa of hij nog steeds dacht dat Bengt Magnusson naast ons woonde.

'Als het zo is dan moet hij een homo zijn, want er staat nu een andere mannennaam op de deur. Heb je dat gezien? Papa? Dat hij samenwoont met een man met een beetje een Arabische naam?'

Papa zette de geluid van de tv uit en dacht na. Toen hij zei iets anders dan ik eigenlijk had gevraagd.

'Halim. Denk je vaak aan wat dat betekent? El Halim?'

'Nee, nou ja. Wel eens, soms.'

'De dromer. De dromende. Weet je welke naam ik nog meer aan Leyla heb voorgesteld voor jou? Als tweede naam?'

'Nee, vertel op.'

Papa glimlachte bij de herinnering.

'Halim el Saber. Saber, net als je opa. De geduldige dromer. Maar Leyla wilde dat niet. Natuurlijk niet. Ze zei dat twee namen iets voor Zweedse kinderen was en dat jij echt geen soort Karl-Fredrik of Per-Alfred was.'

'Had ze misschien gelijk?'

'Hm. Had ze misschien ongelijk?'

'Hm.'

We zwegen weer even. Toen ik vroeg opnieuw.

'Denk je nou dat hij hier woont of niet? Bengt?'

'Ik weet het niet, Halim. Ik weet het echt niet. Het is moeilijk te zeggen. Trouwens, het is toch een heel gewone naam, Bengt Magnusson?'

'Hm.'

Ik maakte me klaar om naar bed te gaan, poetste mijn tanden, deed mijn pyjama aan en zei tsbahallahger. Papa zat nog in de leunstoel. Hij keek naar de scherm van de tv, hoewel de geluid nog steeds op nul stond.

Ik was bijna in slaap gevallen toen papa mijn kamer binnen kwam stormen.

'Slaap je? Nee? Wacht dan even.'

Toen papa de lamp aan het plafond aandeed ik zag dat hij de oude Koran-boek in zijn hand had. Ik wreef mijn ogen uit en smokkelde mijn pyjamabroek hogerop, zodat hij niet zou denken dat ik bezig was me af te trekken. Papa's mond was vastbesloten streep terwijl hij de bladzijden doorbladerde. De oude Koran is vet versleten, want papa heeft hem al van zijn vader gekregen, lang geleden, in de tijd dat ze de boekbladzijden geler en ritseliger maakten, als bladeren. Papa kwam naast mij op bed zitten.

'Hier, Halim. Ik wil dat je iets leest.'

'Maar ik was net bijna in...'

'Kom nou, toe, ik help je. Ga even zitten.'

'Maar ik kan het niet zo goed.'

Papa keek lang. Toen zei hij nog eens: 'Ik help je.'

De Koran-boek is gevuld met de mooiste letterkunst en de tekst is misschien wel duizend keer moeilijker te lezen dan de tekst in Safa's Arabische boek. In de Koran alle letters zijn ingewikkeld geschreven en de klinkers staan er natuurlijk ook niet in. Daarom papa moest best veel helpen. Eigenlijk hij was meer degene die voorlas, ik herhaalde alleen maar.

'El saber...'

'El saber...'

'...mftah al farage.'

'...mftah al farage.'

'Begrijp je het? El saber – het geduld, mftah – sleutel, en al farage?'

'Geluk.'

'Precies. Denk daaraan, Halim. El saber. Geduld is een mooie naam. Je moet accepteren dat sommige delen van het leven uit wachten bestaan.'

Ik knikte om te laten zien dat ik het begreep. Toen papa weer weg was ik probeerde door te gaan met aftrekken en ik fantaseerde dat ik gepijpt werd door vier knappe Thaise meisjes.

Wat kan ik zeggen? De laatste week voor de eindrapporten en Halim denkt steeds maar aan dezelfde vraag: hoeveel kun je van de wereld begrijpen voordat je te veel begrijpt en aan de zijde van God terechtkomt en misschien vergeet dat je daarnet nog een gewoon mens was? Ik zag de poster met de krantenkop toen ik uit school op weg naar huis was en ik kon het natuurlijk niet geloven. Ik dacht natuurlijk dit moet grap of verbeelding zijn. Maar feit is feit. De krant ligt voor mij en niemand kan bestrijden wat er gebeurd is. Waarschijnlijk de goden wilden meteen beloning voor de feit dat ik mijn juiste bestemming heb gevonden en eindelijk heb begrepen dat ik niet alleen gedachtesultan moet zijn maar ook meesteronderhandelaar van de Arabieren (die over een paar jaar de crisis in de Midden-Oosten zal oplossen met eigen Halim-afspraken). Ik hoop alleen dat de goden niet boos worden dat ik me bij hen heb gevoegd (en bovendien over hen heb geschreven).

Alles begon in de middagpauze, toen ik met Faud en Fadi meeliep naar de kiosk. De hele tijd ik probeerde te luisteren naar hun gepraat over de eredivisie om mijn nervositeit te minimaliseren. Ik beken dat was moeilijk. Op de terugweg wij kwamen Curre tegen, die zijn bezemwagentje met één wiel in de zandbak had geparkeerd. Tussen zijn handen hij hield de verkreukelde uitnodiging voor Tigers reggaefeest en toen hij mij zag zijn gezicht klaarde op.

'Hé, hallo!' hij riep met schreeuwstem, en nog voordat hij bij ons was wij roken de dranklucht al.

Ik schaamde me beetje omdat de anderen misschien zouden denken dat Curre en ik de beste vrienden waren.

'Hallo dikke', ik antwoordde. 'Wat heb je met die uitnodiging gedaan? Zeker gebruikt bij het aftrekken, hè?'

Faud en Fadi lachten en ik voelde dat het werkte. Curre raakte in de war en zijn ogen kregen starende blik. Hij vouwde de plaatje van de pornomeisje in haar zebrakleren open en dicht; de papier was versleten en aan de randen kapotgegaan.

'Kom op, man', ik vervolgde. 'Ga eens opzij. Je stinkt.'

Mijn nieuwe beste vrienden lachten weer en we liepen samen terug naar school. Net voordat we er waren ik hoorde Curre roepen: 'Hé, hallo joh!' maar ik negeerde natuurlijk.

Na de pauze het was eindelijk tijd om te laten zien wie hier de baas was en papa's stem zat in mijn hoofd als een radio en zodra de kantinedame de vergadering openhamerde ik nam de debat over. Eerst gebruikte ik gewone praatjes en toen, om te maken dat niemand verkeerd zou begrijpen, ik stopte beetje Zwedotoon in. Ik stelde voor dat we een week lang niet alleen Zwedo-eten zouden krijgen, maar eten uit andere landen. Iedereen vond mijn voorstel ontzettend goed, alleen de kantinedames niet, die zeiden dat we toch al chorizo en oosterse curryschotel kregen. Ik legde uit dat de menu op zijn minst halal volgens de islam moest zijn, plus dat er chakchouka en lamsvlees en merguez en falafel en couscous moesten zijn, plus arrisa in aparte schaaltje (voor wie zijn tong durft te riskeren). Alle leerlingen waren het ermee eens en Sibille zei dat ze paar keer Libanees eten had gegeten en dat ze het elke keer heerlijk had gevonden. De enige leerling die tegen was, was een zevendeklasser die zei dat het moeilijk zou zijn om dat eten biologisch goedgekeurd te krijgen. Iedereen had schijt aan hem en vond hem een milieuloser.

Bij de stemming iedereen behalve de Zwedozevendeklasser

stemde voor mijn voorstel. Zelfs Alex stak zijn hand op, hoewel hij eigenlijk geen stemrecht heeft omdat hij bij de leraren ingedeeld wordt. Het gaf ontzettend fijn gevoel, vooral toen de kantinedames zuchtten en zeiden dat we op de volgende vergadering in het voorjaar verder moesten praten over de internationale menu.

Na de vergadering de school was afgelopen en ik liep naar huis als in een wolkendroom met kwetterende vogeltjes en vriendelijke mist overal om me heen, en het was bijna alsof mijn voeten werden vergezeld door een vliegend tapijt dat mijn voetstappen de hele tijd zacht maakte. Toen ik zag die krantenposter en ik zweer dat ik bijna mijn ogen uitwreef, precies als een stripfiguur.

Het was een kop van *Aftonbladet* in knotsgrote zwarte letters: STERACTEUR VAN DE SCHOUWBURG BIJ BEKEND RESTAURANT NEERGESLAGEN. Ik kocht met trillende spanning een krant en nog voordat ik de pagina's voor me had ik wist ergens in de bodem van mijn ziel, ik zweer het, dat ik de voortekenen had gezien en had voorvoeld wat er komen ging. De journalist had de artikel over twee pagina's naast elkaar gezet, en er stonden foto's onder de vette kop. De eerste foto toonde plakband van de politie in vergroting op een grijzig landschap, en de tweede toonde twee getuigen: meisjes met mutsen op die geschokt waren (de ene had witte cowboylaarzen met franjes en ze had haar spijkerbroek daarin gestopt alsof ze dacht dat ze op de prairie woonde). Op de tweede krantenpagina er stond een foto van drie uitsmijters, die in de sneeuwstorm legitimatiebewijzen stonden te controleren, en onderaan in de hoek er stond een kaartje waarop je Kungsgatan kon zien, waar alles was gebeurd.

Artikelen zijn anders dan korte berichten en ook als ik de pagina's twee keer zou vouwen ze zouden niet in hun geheel in mijn schrift passen. Maar eigenlijk waarom zou ik artikelen inplakken die gewoon in de krant hebben gestaan, de zinnen zitten toch in mijn hersens vastgelijmd? Ik hoef niet eens de krant in te kijken om te weten wat er staat over hoe de schouwburgacteur buitengewoon grof werd mishandeld op de stoep van een bekend restaurant en dat hij bewusteloos geslagen werd en nu in het Sint-Göran Ziekenhuis ligt. Kennelijk de acteur was vet dronken; hij was door de uitsmijters buiten gezet en op straat er stond een gast klaar, misschien om wraak te nemen. De slagen werden uitgedeeld, de acteur viel op de trottoir en kreeg bloedende wond aan zijn hoofd. Niemand durfde te helpen en de aanvaller ging ervandoor. De journalist schreef dat de acteur één van de bekendste toneelspelers van Zweden is en dat hij verscheidene grote rollen heeft gespeeld in het theater en de film, en ik dacht, zeg maar niets meer, vriend, we snappen het al! Verder hij zei dat de acteur aangifte heeft gedaan van de mishandeling en een meisje die Ann-Christine Jernberg heette en die chef is van de publiciteitsafdeling van de schouwburg zei er bestaat risico dat dit de komende voorstellingen zal beïnvloeden (alsof we dat nog niet hadden gesnapt).

Maar aan de eind van de artikel er stond iets wat zelfs ik met mijn kennis van de noodlotsmachten niet had verwacht. Na een interview met de uitsmijters de journalist voegde nog toe dat de restaurant Tiger heette en hoewel de uitsmijters en getuigen heleboel informatie konden geven de politie weet nog niets en ze hebben nog geen verdachte die aan de signalement beantwoordt. 'De dader wordt omschreven als een zeer fors gebouwde man met een Afrikaans uiterlijk.'

Steeds opnieuw ik las die zin, maar ik kon hem niet begrijpen. Alles in de leven was perfect logisch, maar ook ontzettende waanzin en tegelijkertijd het was alsof de toeval hier volledig vrij spel had gehad en alles was zeker en alles was onzeker, en het enige wat ik op dat moment wist, was dat Nourdine nu een kans had en dat ik zou zorgen dat hij die niet zou missen.

Ik belde hem meteen toen ik uit school thuiskwam, en hoewel hij in een café zat en zijn mobiel een waardeloos ding is met kapotte display en batterij die loszit, hij begreep dat er verandering in de lucht zat. Ik zei dat hij snel een nieuwe cv moest maken met een foto en alles, omdat ik nu contacten en inside information had en wist hoe hij een grote rol in een bekend theater kon krijgen. Nourdine vroeg niet waarom of hoe, hij liet alleen zijn stem opklaren en beloofde dat hij alle papieren morgen in orde zou hebben. Hij heeft al grote verzameling oude idoolfoto's die hij in de envelop kan stoppen.

Voordat we ophingen Nourdine bedankte met heel zijn hart, hoewel ik zei nog een keer dat het niet honderd procent zeker was dat hij die rol krijgt, misschien maar vijfennegentig. Toch het was of alleen de hoop al genoeg was om hem gelukkig te maken. Dat is misschien wel altijd zo.

VANDAAG HET WAS donderdag en de laatste gewone schooldag. Papa en ik waren net klaar met eten toen Nourdine aanbelde. Ik deed open en hij stuiterde de hal in met pas geschoren gezicht en pas gesprayde parfum. Onder zijn kragerige leren jack hij droeg mooie rozegestreepte overhemd en hij groette plechtig. Hij stak mij de envelop toe met geheim knipoogje en riep naar papa dat de pistachenoten die papa gisteren bij zich had lekkerder waren dan het leven zelf. Vervolgens hij daagde papa uit voor een schaakduel.

'Vanavond is het zover. De beslissende wedstrijd. Wie wint? Wie verliest? Kom op met je stukken, mister. En garde! Nu is het ernst! In de rode hoek, de eeuwige verrasser: NOURDINE! En in de andere hoek, de laffe, de liever-onbeslist-dan-verloren: OTMAN!'

Papa sloeg zijn arm om Nourdine heen en zei vriendelijk: 'Je leert het nooit. Als je vanavond één partij wint, zal ik... ja... wat zal ik dan doen? Kies zelf maar!'

'Je moet... Wat vind jij, Halim? Geef me eens een beetje inspiratie.'

'Je snor afscheren!'

'Oké, als ik win, dan moet jij... Trouwens, nee. Je haar. Dat is nog beter. Als ik een partij win, dan moet jij je hoofd kaalscheren! Of je moet... even kijken... nu ja, dat kan ik nog beslissen als ik al mijn winsten binnen heb.'

Terwijl papa en ik de afwas deden Nourdine zette de stukken op de bord. Papa vroeg of we geen afsluitingsfeest hadden met de klas. Aan zijn blik was te zien dat hij de antwoord belangrijk vond. Aangezien ik toch van plan was geweest weg te gaan, ik zei natuurlijk dat ik naar dat feest toe ging. Maar ik verklaarde ook dat ik beetje later zou komen, omdat alleen losers op tijd naar privé-feestjes gaan. Papa lachte en keek blij naar Nourdine.

Toen ik de flat verliet het was bijna tien uur en papa had al twee keer gewonnen. Nourdine vloekte lange, voor kinderen verboden vloeken, kauwde op pistachedoppen tot ze knapten en tikte zijn as af in de bloempot als papa het niet zag (vooral om ergernis te wekken). Ik had de envelop onder mijn jack en keek alles door in de metro naar de centrum. Onderop Nourdines mooie cv met zijn lijst van scholen en toneelstukken. Daarbovenop de zwartwitte grote foto, waarop Nourdines ogen schitteren en zijn moedervlek glanst en er helemaal geen kaal hoofd te zien is. Helemaal bovenop de korte brief waarin ik uitleg dat ik *Maria Stuart* op de generale heb gezien en meteen besefte dat Nourdine perfect zou zijn voor de rol van Leicester. Ik zeg ook dat Nourdine en Bergman elkaar in Parijs hebben ontmoet toen Nourdine Estragon speelde in het Engels in een ontzettend goede Arabische opvoering. Ik heb de brief natuurlijk in prachtig Zweeds geschreven, zodat niemand kan vermoeden dat ik Nourdine meer persoonlijk ken. Als afzender heb ik 'Håkan Kjellman' gezet, want dat geeft de brief extra gewicht. Het is vreemd hoe anders alles wordt als je alleen maar een naam beetje anders maakt.

Na de laatste controle ik plakte de envelop dicht. Op de buitenkant ik had al geschreven: 'KONINKLIJKE SCHOUWBURG, Ingmar Bergman, Nybroplan 2, 102 41 Stockholm'.

Bij nacht de schouwburg leek nog meer op sprookjeskasteel. Brede marmeren trap en blinkende gouden standbeelden en lampen die de witte kleur van de gebouw deed oplichten als een luchtspiegeling in de winternacht.

Achter de balie bij de toneelingang er zat een bewaker met vriendelijke ogen en heleboel grijs haar. Hij drukte op de knop om de deur open te doen en ik verklaarde dat ik gestuurd was om een sollicitatiebrief aan Ingmar Bergman te brengen en gelukkig, de bewaker kende hem.

'Bergman, zeg je? Tja, eigenlijk kunnen we geen zaken aannemen die... Maar als hij erom heeft gevraagd, kunnen we wel een uitzondering maken. Laat maar hier, dan zorg ik wel dat de brief op zijn kamer komt.'

De bewaker was ontzettend aardig en ik bedankte beleefd. Maar toch, net toen ik weer buiten in de wolkende sneeuwdamp op straat stond ik voelde me beetgenomen. Het was alsof iemand een truc had uitgehaald en ik in de val was gelopen. Alsof iedere seconde de verborgen camera tevoorschijn kon komen en een microfoon zou vragen hoe ik me zo gemakkelijk voor de gek kon laten houden en in rode neuzen en artikelen geloofde, terwijl het allemaal maar toeval was. Ik zei tegen mezelf: geduld, geduld. Alles komt goed.

Ik kocht muffins en thee bij 7-Eleven en bleef daar een tijdje zitten denken hoe vies gewone thee is vergeleken bij muntthee en vroeg me af welke soort bloemen je het beste kunt kopen voor iemand die première heeft in de Koninklijke Schouwburg. Toen ik mijn tweede muffin op had en het niet te vroeg was voor de afloop van een gewoon privé-feestje liep ik rillend naar de metro.

Papa was in slaap gevallen in zijn leunstoel, zijn hoofd lag achterover en hij snurkte gelijkmatig. Op tafel er stonden twee lege glazen, een plastic schaal met chipskruimels en een gebruikte asbak. Papa had de geruite deken over zich heen en zag er beetje mummieachtig uit in de blauwe licht van de tv. Nourdine had de raam opengezet voordat hij wegging om de sigarettenlucht weg te krijgen, zodat er een wind van onder nul naar binnen waaide.

Er stroomde reclame uit de tv en terwijl ik naar de afstandsbediening zocht ik hoorde er was iets speciaals met de meisje die met de volume op zacht haar nieuwe shampoomerk aanprees. Ze praatte Arabisch. In prachtig dialect ze zei dat geen ander merk geeft zo'n goed volume en schenkt de haren kracht vanuit de wortels. Ze glimlachte en haar haar glansde en golfde in slowmotion. Ik stond beetje als betoverd terwijl de volgende reclame begon. Een Arabische vader met zijn gezin in zonnige tuin vertelde over nieuwe papieren servet dat perfect is voor alles: neus snuiten, schoenen opwrijven en ramen zemen. Een filmstem zei dat de zakdoeken er waren met citroensmaak en extra absorptiekracht hadden.

Ik volgde de snoeren van de tv naar de balkon en daar de schotel zat op de balustrade vastgeschroefd, vlak bij de muur. Het was beetje een gevoel alsof je een klasgenoot van vroeger tegenkomt die je eigenlijk aardig vindt maar die je heleboel jaar niet hebt gezien. Behalve schroeven papa en Nourdine hadden oude skibindingen gebruikt en een lange snelbinder, die ik herkende van de laadbak van de auto. Toen ik de afstandsbediening had gevonden en de tv had uitgezet ik borstelde mijn tanden met ontzettend fijn gevoel in mijn buik.

Nu het is één uur en ik ga proberen te slapen.

WEER TERUG. STRAKS de bladzijden van het schrift zijn op. Ik werd om vijf uur in de ochtend wakker na beetje zweterige droom die ging over iets met vliegende conservenblikken en een vechtende Siamese tweeling. Papa's gesnurk uit de huiskamer was opgehouden, maar ik kon toch niet meer slapen. Dus ik haalde de schrift maar weer tevoorschijn en de laatste uur heb ik heen en weer zitten bladeren en in de achteruitkijkspiegel de afgelopen herfst bekeken. Trots en vreugde wervelen in mijn buik en hoewel ik altijd bescheiden gast ben geweest ik voel nu de verleiding om te gaan opscheppen.

Welke andere gedachtesultan is van gangsta naar supergoede onderhandelaar gegaan en heeft gezorgd dat Zweedse scholen snappen dat het geen goed idee is om de allochtone talenonderwijs te verbieden, omdat de antwoord daarop is dat de wc's beklad worden en dat de scholen een halal almazat-menu moeten serveren? Wie anders kan in zijn schrift van de eerste herfst vertellen dat hij rollen in de schouwburg heeft geregeld voor zijn vrienden, plus populaire gozers heeft geleerd dat ze niet met de verkeerde meisjes moeten neuken? Wie heeft vaders eraan herinnerd dat ze eigenlijk trotse strijders zijn, die nooit meer moeten strooplikken bij de Zwedo's? En wie heeft papayaboeken verbrand, smokkelwaar verzameld, schotelantennes geregeld, andere allochtonen in de Integratieplan ingewijd, eeuwige filosofieën geschreven en daarbij ook nog aan de lopende band politici verslagen?

De antwoord is simpel: niemand anders dan HALIM!

Nu ik ga beetje ontbijt klaarmaken en naar de rapporten-uitdeling.

Eerst er kwam ontzettend vervelende toespraak van de rectrix en daarna rapporten uitdelen in Carins lokaal. Ook al was ik al bijna zeker, toch ik kreeg zwevingen in mijn borst toen ik zag dat ik voor alle vakken voldoendes had (behalve voor biologie, maar dat cijfer krijg ik later als ik dit voorjaar mijn verslagje schrijf).

Na de bijeenkomst in de klaslokaal alle leerlingen holden de schoolplein op, waar ontzettend heldere zon scheen en alle laarzen over de sneeuw knerpten. Ik stond bij Faud en Fadi, die op Nader wachtten. Ze vergeleken allebei hun hoge cijfers met elkaar en Faud zei dat Nisse een vette racist was, omdat die hem geen hoog cijfer voor handenarbeid had gegeven, terwijl zijn snijplank met gemak de mooiste van de klas was. Voordat ik tijd had om het met hen eens te zijn ik kreeg klap op mijn rug van een glimlachende Alex.

'Zeg. Ik wil alleen maar even zeggen... Gefeliciteerd. Geweldig gedaan. Echt waar.'

Hij keek met nog meer samengeknepen ogen dan anders en glimlachte trots, zoals vaders met oversloffen aan op weg van de kraamkliniek naar huis.

'O ja, en ik had dus nog een cadeautje voor je... Maar beloof me dat je tot kerstavond wacht met openmaken.'

Hij haalde een pakje uit zijn rugzak en voor het eerst deze semester ik gaf hem glimlachje en bedankte hem.

De beste gevoel ik kreeg niet door die cadeautje, maar doordat Alex zei dat hij volgende semester ook nog op school werkt. Het klinkt beetje homoachtig, maar ik geloof dat ik liever wil dat hij blijft dan dat hij weggaat. Toen het tijd werd om gedag te zeggen we gaven elkaar een hand en de situatie kreeg plechtige lading.

'Goeie vakantie', Alex zei. 'En vergeet niet binnenin te kijken. In het pakje. Oké? Tot ziens in januari.'

Ik knikte en hield voor de veiligheid beetje afstand, want Alex leek klaar om te gaan omhelzen.

Ik en mijn nieuwe beste vrienden liepen samen naar de metro en Nader vertelde dat een paar lui bij hem in de klas waren gaan huilen toen ze hun rapport kregen (vooral meisjes natuurlijk). Bij de zandbak ik kreeg Curre in de oog, die zijn dikke achterste in een schommel had geperst; je kreeg gevoel dat het plopgeluid zou maken als hij zou opstaan.

'Gelukkig kerstfeest', Curre riep en hij wuifde met één hand als een bewaker van een treinstation.

'Gelukkig kerstfeest', ik antwoordde. 'Gelukkig kerstfeest, ouwe Roodneus.'

Curre leek niet te horen; hij lachte alleen maar en schommelde door. Toen de volgende groep leerlingen eraan kwam ik hoorde hem weer 'gelukkig kerstfeest' roepen.

'Hoe noemde jij hem?' Fadi vroeg toen we over de loopbrug liepen.

'Troetelnaampje', verklaarde ik. 'Gewoon een troetelnaampje.'

Nader en Faud en Fadi wonen in Aspudden, dus op de perron zeiden we elkaar gedag. Fijne kerst, fijne vakantie, en eenmaal alleen ik maakte gauw Alex' pakje open. Er zat een splinternieuwe cd in met een extra promotiesticker waarop stond dat de muziek speciaal beschermd was en niet zomaar door iedereen gespeeld mocht worden. Op de voorkant je zag een wazige platenspeler en in graffititekst er stond: 'Splitting the Red Sea, the long awaited release from Miss IC (a.k.a. I-on Carry-on).'

Hoewel hiphop nooit mijn ding is geweest ik was toch blij. Ik bekeek de bijbehorende boekje van voor naar achter op zoek naar iets speciaals, maar het enige wat ik ontdekte was hoe raar de foto van Magda was: in plaats van gespierde gettochick ze leek meer op iemand die uit India kwam. Haar haar zat helemaal in de war en in haar wipneus zat gouden ringetje. Als ze tieten had dan ze waren onmogelijk te zien onder haar legerjack. Ik dacht meteen: dit moet vals spel zijn van hoogste niveau als je ghettochick kunt spelen terwijl je je kleedt als hippie uit Söder en niet eens gouden tanden hebt. Ik kreeg beetje gevoel dat ze die harde stem in de studio had gefaket, alleen maar om een platencontract te krijgen.

Na de foto van Magda er volgde een lange lijst waarin ze honderden mensen bedankte en ze zei dat ze zonder hen nooit zo'n goede rapper was geworden. Ik las die lijst zorgvuldig van boven tot onder door. Eerst er stonden vooral meisjesnamen zoals Emma, Cecilia en Rebecka, maar hier en daar er stonden ook paar Arabische namen tussen zoals Hamadi en Lotfi. Toen er kwam een stuk met heleboel rare speciale namen die volgens mij van andere rappers zijn. Na El Mercy en Tabaqui Magda bedankte gasten als Big L, Pont-E-Kiss en JF da Brownshirt. Alle namen en de kleine lettertjes maakten het moeilijk, maar eindelijk ik ontdekte wat Alex bedoeld moest hebben met 'binnenin kijken'. Aan de eind van de bedanklijst stond: 'and a big thanks to Alex for love and support'.

Ik moet bekennen dat ik beetje onder de indruk was toen ik zijn naam in de lijst zag.

Bij Mariatorget ik stapte uit en liep naar de winkel om papa en Nourdine te helpen met opruimen na de kerstdrukte. Toen ik mijn rapport liet zien papa zei dat ik hogere cijfers had moeten hebben, maar dat het toch wel goed was dat ik allemaal voldoendes had. We stampten samen lege dozen plat, schudden de deurmat uit en veegden kapotte kerstballen op. Ook we gooiden de laatste Kinder-eieren weg en ik overtuigde papa dat het beter was dat we ook die fiets nu weggooiden, want hij was vet roestig en de tekst op de bord was bijna verdwenen. Terwijl Nourdine de rotzooi naar de vuilniscontainers van Solstrålen smokkelde papa en ik stofzuigden en dweilden met groene zeep. Toen we de Pokémon-machine naar binnen sjouwden en de tl-buizen uitdeden de winkel had geweldig glimmende vloer en hij rook fris als een kapsalon.

In de lift op weg naar de flat Nourdine was de eerste die over de schotelantenne begon.

'Zeg, Halim. Er is een verrassing voor je in de flat. Heb je het al gezien?'

'Een kerstcadeautje?'

'Nee, nee. Nog niet. Het is iets anders. Heb je het hem nog niet laten zien?' Nourdine vroeg aan papa.

'Nee, nog geen tijd gehad. Hij is vanochtend al vroeg weggegaan en...'

Papa zocht naar de sleutels in zijn jaszak.

'Wat is het dan? Kom op!'

'Kijk zelf maar. Op het balkon.'

Ik deed alsof ik het niet begreep en hielp papa met de nachtslot, zodat het extra snel ging. Toen ik naar de balkon holde ik hoorde Nourdine vanuit de hal roepen: 'Nu snap je wel waarom Otman zijn snor nog heeft.'

Terwijl papa douchte en zich omkleedde ik en Nourdine begonnen tussen de kanalen te zoeken. Best veel programma's waren eigenlijk verre van glashelder. Vaak het beeld ruiste of danste op en neer en op de Saoedische kanaal ze vertoonden *Fresh Prince of Bel Air* (maar met Arabische ondertiteling en Arabische reclame). Nourdine bleef hangen bij een Egyptische soap waarvan de beeld beetje korrelig was maar de geluid goed. De hoofdpersoon was een man die hele grote erfenis misgelopen was, omdat iemand een auto-ongeluk had geregeld waardoor hij geheugenverlies en geavanceerde plastische chirurgie had gekregen. Nourdine bekeek de soap nieuwsgierig, hoewel de acteurs waardeloos waren en de buitenscènes binnen waren opgenomen.

Tijdens de aftiteling papa kwam uit de douche. Hij leek niet veel zin te hebben in tv-kijken, ging in de keuken Zweedse glühwein opwarmen en vroeg of Nourdine en ik ook wilden. Als antwoord Nourdine zette de geluid harder, zodat de muziek van *Wie wil er miljonair worden* uit de luidsprekers schalde. Papa kwam in zijn blauwe ochtendjas de kamer binnenrennen, met harige benen en het haar in zijn nek opgekruld.

'Wat is dit? Is dit opgenomen? Het is vandaag toch geen zondag?'

Vreemd genoeg het was een Egyptische kanaal die de programma vertoonde en toch het zag er precies zo uit als op TV4. Ze hadden drie reddingslijnen en dezelfde studio (hoewel deze in Egypte lag) en dezelfde muziek en dezelfde hartslaggeluid. Maar er was geen Bengt Magnusson. Iedereen sprak ontzettend mooi klassiek Arabisch en een paar vrouwen droegen een hijab en een paar mannen Saoedische jebba's, als echte luxe-Bedoeïenen.

Papa joeg mij uit de leunstoel, ging met kaarsrechte rug zitten en zodra ze begonnen hij begon de ene antwoord na de andere te roepen. Vaak hij hoefde niet eens te wachten op de alternatieve antwoorden. Papa versloeg alles en iedereen compleet en hij zou de moeilijkste niveau met gemak zonder reddingslijn kunnen halen. Na de eerste ronde ik moest de rest van de fles glühwein en de pakje rozijnen voor hem uit de keuken halen. De hele tijd hij bleef de juiste antwoorden roepen, hij zette heleboel Italiaanse films in de juiste tijdvolgorde, vond de naam van onbekende Engelse schilder, vond de juiste uitvinder van de socialisme en noemde de haven waar de Japanners de VS met een verrassingsaanval hadden verslagen.

Na een poosjes Nourdine ging op zijn knieën om zogenaamd onder de leunstoel te zoeken; hij zei dat papa daar zeker de lijstje met antwoorden had verstopt. Papa lachte alleen maar, schonk meer glühwein in en dropte rozijnen in zijn glas.

Na de programma papa maakte zich klaar en tegen negenen wij wandelden naar Jerusalem Kebab in Hornsgatan. Er waren niet veel mensen die in de harde winterkou uit konden gaan, dus wij kregen de mooiste tafel op de bovenverdieping aan de straatkant. Papa zei dat we mochten bestellen wat we wilden, want deze avond hij speelde voor suikervadertje. We bestelden de grootste al-mazat-menu die ze hadden en begonnen met halloumi-salade en tabouleh en houmous en kafta mahlije. Je kon zien de ober was onder de indruk dat wij zoveel honger en zoveel geld hadden. Toen hij met de eerste lading aankwam papa had zijn donkergroene jasje over zijn stoel gehangen, zijn mouwen opgestroopt en zijn stropdas in zijn zak gestopt.

De rest van de avond wij aten op megasnelheid, met slurpgeluiden en servetten op de grond en rode saus die langs onze onderarmen droop. Zodra de eten opraakte, de ober kwam met nieuwe dingen aan, zoals bastorma: gedroogde ossenhaas en mannsaff: lamsvlees in yoghurtsaus. Nourdine zei dat het de lekkerste lamsvlees van de hele stad was, en papa, die van gegrilde vis houdt, propte zich vol met samak mashwi.

In de pauzes tussen de gerechten papa vertelde dat hij in de garage die nieuwe gozer had ontmoet die bij Bengt Magnusson ingetrokken is. Ze hadden hele poos staan kletsen en blijkbaar die gozer is helemaal geen homo, hij heeft de flat in onderhuur en Bengt woont ergens anders.

'Heel vreemd, hij zei dat hij de flat had kunnen huren omdat er een poging tot inbraak was geweest bij Bengt.'

'Hè? Wanneer?'

'Nou, de afgelopen herfst. Raar hè? Dat wij niets hebben gemerkt. Er schijnt iemand te hebben geprobeerd om binnen te komen via de brievenbus. Maar dat is mislukt.'

Ik deed mijn best om onschuldig te kijken en begon ergens anders over.

'Khemiri,' ik vroeg aan papa, 'dat is toch een Arabische naam, of niet?'

'Hmm, Arabisch. Uit Tunesië.'

'Hij zag er niet uit als een Arabier, vond ik. Hij heeft helemaal geen baardstoppels.'

'Dat komt omdat zijn moeder een Zweedse is. En hij is hier geboren. Net als jij.'

In de stilte ik dacht: misschien die gozer is ook wel echt geweest toen hij jong was, hij is misschien later in de val gestapt, heeft toen zijn geheugen verloren en is verzweedst. Papa vertelde ook nog dat die gast op de universiteit studeert, maar dat hij eerst heeft geprobeerd om schrijver te worden. Hij heeft paar keer boeken ingeleverd bij grote firma's en bijna iedere keer ze hebben gezegd dat ze hem bijna gingen uitgeven. Ik zat stil en in mijn hoofd ik dacht: de enige manier is contacten, en deze vent heeft kennelijk wel de juiste contacten gehad maar hij is op de laatste nippertje gestruikeld.

'Heeft hij het nu opgegeven?' ik vroeg.

'Nee, dat geloof ik niet. Dat idee kreeg ik niet, tenminste. Maar hij denkt er nog over hoe hij het verder gaat aanpakken. Of hij op dezelfde manier verdergaat of dat hij zich op zijn studie werpt. Studeren is nooit verkeerd, zei ik tegen hem.'

'Laat dat studeren nou maar zitten', Nourdine zei terwijl hij een boer smoorde. 'Wat zei hij over Bengt?'

'Wat?'

'Die Bengt, is dat nou die Bengt Magnusson van de tv of niet?'

'O', papa duwde verwonderd zijn bril omhoog. 'Dat ben ik helemaal vergeten te vragen. Maar ik geloof van niet. Het lijkt me niet, hoor. Vraag het hem zelf maar, ik heb hem na de kerstdagen te eten gevraagd.'

Ik dacht: die Khemiri moet het niet opgeven, want Zweden heeft meer Arabische schrijvers nodig, en misschien met mijn hulp hij kan echter leren schrijven dan de anderen. Als hij het niet vertrouwt dan ik kan hem mijn schrift laten zien, hij zal onder de indruk zijn van alle filosofieën en op zijn knieën smeken of hij die in zijn volgende boek mag verspreiden. Alle boekfirma's zullen hem onmiddellijk megagrote floescontracten aanbieden en natuurlijk wij delen de koek, want zonder mij hij is niemand. Verder hij moet mijn naam in de bedanklijstje in de boek schrijven en iedere keer als hij nieuwe prijzen krijgt ik krijg weer een nieuwe chèque. Als de kranten hem keihard dissen vanwege de echtheid van zijn filosofieën en als die Khemiri zich dan niet kan verdedigen hij zegt dat alles maar fantasiegeschiedenis is. Alle Zwedo's kopen de boek, omdat ze denken ze krijgen een slappe halve Arabier met flodderkapsel terwijl ze eigenlijk echte Arabische volbloed krijgen!

Ik werd in mijn gedachten onderbroken toen de ober nieuwe gerechtjes bracht met nieuwe broodmandje en nieuwe pakje servetten en nieuwe frisdrank. Al de eten was natuurlijk weer superlekker en sterk en de zweet bubbelde op mijn neus. Toen alles bijna op was de ober zei dat de restaurant ons trakteerde op baklava met vanille-ijs erbovenop als toetje en hoewel ik eigenlijk niet meer kon ik sloeg het niet af.

Nourdine deed nog schepje bovenop door een shisha bij de koffie te bestellen. Hij luisterde heel gelukkig naar de gebubbel en liet de rook tegelijkertijd uit zijn mond en uit zijn neus sijpelen. Papa nam ook paar trekjes, veegde de mondstuk af en gaf de slang door aan mij.

'Wil jij ook? Als je glühwein kunt drinken, kun je ook wel een waterpijp verdragen.'

Ik nam paar trekjes en nog een paar en in plaats van een nicotinekick er kwam alleen gladheid in mijn keel en een zachte gevoel tot in mijn vingers toe.

'O o, dat vindt hij lekker', Nourdine zei terwijl hij naar mij

wees. 'Hij zit in de risicozone, geen twijfel mogelijk. Hij is een toekomstige roker.'

'Absoluut niet. Mijn zoon niet. Die is daar te slim voor.'

'Wat zeg je daar nou? Probeer nou niet sigaretten aan intelligentie te koppelen. Wie heeft die laatste partij nou eigenlijk gewonnen?'

'Geluk. Puur geluk. Zoals men zegt: soms regent het zelfs op het achterste van een kameel.'

Ik keek aandachtig naar papa en Nourdine, zoals ze daar lachend zaten te bekvechten met de gesuis van de auto's langs Hornsgatan achter hun rug en met de duisternis van de restaurant met alle rare details van de Arabische inrichting om hen heen. Ik had beetje spijt dat ik mijn kerstcadeautjes voor hen niet had meegenomen, want deze omgeving leek perfect om de Koran in zakformaat voor papa en de Nokia-telefoon van de theatermeisje voor Nourdine tevoorschijn te halen. (De komende tijd het is belangrijk dat hij een goed functionerende mobiel heeft en geen gesprekken mist.)

De avond eindigde geweldig. Na heleboel symbolische gezeur Nourdine accepteerde dat papa de hele rekening betaalde en de ober verdween voldaan naar de benedenverdieping. De tafel was smerig als een slagveld met druipende sausplassen en opgestapelde borden en half opgegeten brood. Nourdine roerde met de tang in de gloed van de waterpijp terwijl ik mijn tanden schoonmaakte met tandenstokers die naar munt smaakten.

'Oh boy, dit is het leven', Nourdine zei met vreugde in zijn stem.

Papa en ik knikten alleen maar, want wij begrepen dat hij gelijk had. Net toen we weg wilden gaan papa veegde zijn snor af aan een servet en zijn gezicht werd één grote lach. Hij liet de servet aan ons zien als een matador.

'Ik ben er misschien een beetje laat mee, maar... Heb je dit gezien, zeg? En jij?'

Papa keek van Nourdine naar mij. Op de servet er zaten beetje rode sausvlekken, maar er stond ook een plaatje van de Rotsmoskee in rood en wit en groen. In het Zweeds er stond 'Jerusalem Kebab' en daaronder stond 'Oriëntaalse specialiteiten'.

Nourdine en papa bulderden hun lach, en ik moest lang wachten voordat ze weer wat kalmer werden.

'Vertel nou. Wat is er zo leuk?'

Papa wees op de Arabische tekst op de servet en zei dat ik die moest lezen. Met tamelijk veel hulp van allebei ik spelde de tekst. Eindelijk ik begreep de machtigheid ervan. Papa bleef lang naar de servet kijken en mompelde: 'In het Zweeds schrijven ze: *"Oriëntaalse specialiteiten"*, maar in het Arabisch staat er: "Wij komen terug". Jerusalem Kebab. Dit is een mooi servet. Geweldig mooi.'

Toen wij op straat kwamen het was weer begonnen te sneeuwen. Ik bewaarde een servet in mijn jaszak en trok mijn feztulband over mijn oren. De hele weg naar huis ik liep tussen papa en Nourdine in en ik voelde trots, want ik weet dat niemand ons ooit zal kunnen verslaan.